Pino Cacucci es novelista, guionista y traductor. Su narrativa, de estilo poético, estilizado y de documentada ambientación, se suele enmarcar dentro del *genere giallo*, la renovada novela negra transalpina que supera el planteamiento de intriga clásico para introducir temáticas sociales actuales. Tiene predilección por los personajes rebeldes, arrastrados por un destino que han de cumplir aunque se les vaya la vida en ello.

Con *En cualquier caso, ningún remordimiento*, la biografía novelada de Jules Bonnot, obtuvo el aplauso unánime de crítica y público en Italia a comienzos del nuevo milenio. De entre su obra literaria destacan *Outland Rock*, *Tina*, la biografía de la fotógrafa Tina Modotti, *San Isidro Futbol*, *Nessuno puó portarti un fiore*. Ha ganado algunos de los principales premios de la narrativa italiana, como Il Molinello (2004), el Fenice Europa (2006) o el Chiara (2012), además de ser finalista del Paolo Volponi (2003). Es el traductor al italiano de Manuel Rivas, Javier Cercas, Enrique Vila-Matas y Rafael Chirbes, entre otros.

EL BATALLÓN DE SAN PATRICIO

PINO CACUCCI

EL BATALLÓN DE SAN PATRICIO

PRÓLOGO DE LUIS SEPÚLVEDA

TRADUCCIÓN DE MÓNICA LOBATO BARREIRA

Grijalbo

El Batallón de San Patricio

Título original: Quelli del San Patricio

© 2026, derechos de edición mundiales en lengua castellana:
Penguin Random House Grupo Editorial, S. A. de C. V.
Blvd. Miguel de Cervantes Saavedra núm. 301, 1er piso,
colonia Granada, alcaldía Miguel Hidalgo, C. P. 11520,
Ciudad de México
© 2026, Penguin Random House Grupo Editorial USA, LLC
8950 SW 74th Court, Suite 2010
Miami, FL 33156

D. R. © 2016, Mónica Lobato Barreira, por la traducción
D. R. © 2016, Luis Sepúlveda, por el prólogo

ISBN: 979-889-098-722-8

Impresión digital bajo demanda

156016905

ÍNDICE

PRÓLOGO

La Balada de John Riley

Desde algún lugar de Veracruz, Pino Cacucci nos dice: «Alcen las copas, compañeros, y que estén llenas de buen *whisky* irlandés, pues brindaremos a la salud de John Riley y los del San Patricio».

Y como conozco bien a Pino Cacucci y admiro su obra, puedo verlo hurgando en un ajado libro de decesos proporcionado por algún cura somnoliento de la parroquia de Nuestra Señora de la Asunción. Son folios medio abrasados por el inclemente sol del sur de México –así, México con equis, y no con la grotesca jota impuesta por la Academia de la Lengua–, en los que se consigna la muerte de un tal Juan Reley, tal vez nacido en Irlanda, sin parientes conocidos y fallecido a causa del alcohol.

Los pobres de Irlanda siempre fueron carne de cañón en los territorios británicos de ultramar. Así, Peter Carey nos narró en *La verdadera historia de la Banda de Kelly* las peripecias de los pobres de Irlanda enviados a Australia; y así, aunque a su peculiar manera de narrar, Pino Cacucci nos lleva a conocer la historia de un puñado de valientes que, como John Riley, deciden no servir de carne de cañón a los intereses de los Estados Unidos y combaten junto a los mexicanos, como los mexicanos, porque se hacen mexicanos en el fragor de las batallas en defensa de la integridad del territorio mexicano.

La historia de Cacucci nos sitúa en la mitad del mil ochocientos. Las tropas mexicanas, integradas fundamentalmente por campesinos movilizados, luchan para no perder Texas y gran parte de los territorios cruzados por el río Bravo. Luchan contra las fuerzas regulares del moderno ejército de los Estados Unidos, contra los sanguinarios *rangers*, una suerte de corsarios de tierra firme autorizados para la rapiña y la usurpación de los bienes de las víctimas. Pero ocurre algo extraño, anómalo en una fuerza armada superior y con todas las de ganar: muchos irlandeses reclutados bajo la bandera yanqui desertan y se unen a los que llevan todas las de perder.

Esos irlandeses, que en sus memorias conservan vivo el recuerdo del hambre, de la injusticia, de la pobreza que los obligó a dejar Irlanda, deciden no participar de un genocidio disfrazado de guerra.

En 1843, al Gobierno de los Estados Unidos no le basta con arrebatar la fértil tierra texana y mediante provocaciones fabrica el *casus belli* que justifica una declaración de guerra a México, en la que los soldados irlandeses toman parte, hasta que, hastiados del racismo de los WASP –blancos, anglosajones y protestantes– que consideran razas inferiores a los campesinos e indios de México, que les prohíben y castigan hablar entre ellos en gaélico, que los reprimen duramente si en el fragor de los combates deciden no quemar una iglesia llena de campesinas y niños, dicen un día basta y el medio centenar de irlandeses al mando de John Riley se convierten en el Batallón de San Patricio.

Por las llanuras y desiertos a los dos lados del río Bravo se vio avanzar y combatir a los del San Patricio. Portan una bandera verde con la imagen del santo nacional irlandés y las palabras «*Erin Go Bragh*» –Irlanda por siempre– escrita en su vieja lengua.

En el fragor de los combates otros desertores se unen a ellos: son polacos, esclavos de los latifundistas, indios, alemanes, italianos y hasta algunos norteamericanos con mujeres e hijos mexicanos. Así, el San Patricio llega a contar con más de doscientos hombres que se convierten en el azote de las fuerzas invasoras.

Los del San Patricio comandados por John Riley pueden ser llamados, con entera justicia, la primera Brigada Internacional en la historia de América Latina.

Esa guerra terminó con la victoria de los más fuertes, de los más poderosos. México perdió gran parte de su territorio y los del San Patricio fueron señalados como traidores. Nunca se sabrá cuántos de ellos cayeron en los combates y cuántos fueron fusilados. A John Riley le dedicaron el más feroz ensañamiento: lo torturaron públicamente y le marcaron a fuego la letra D de desertor antes de enviarlo a morir en cualquier lugar de la gran patria que se extiende al sur del río Bravo. Y ésta es la formidable historia que nos narra Pino Cacucci, en una obra que une la investigación, el reportaje y la ficción en la más precisa fórmula, con el estilo inigualable de uno de los escritores contemporáneos más importantes.

Alcen sus copas, compañeros, y brindemos por John Riley y los del San Patricio.

LUIS SEPÚLVEDA
febrero de 2016

1

La Balada de John Riley

John Riley subió al muro más alto del convento de Churubusco. Alzó el rostro al cielo y permaneció allí, saboreando el aire límpido del altiplano. Después de las tormentas nocturnas, nubes inmaculadas corrían entre jirones azules y sintió una punzada de nostalgia en el pecho por algo que nunca había tenido. ¿Cómo se puede sentir nostalgia por una vida que nunca se ha vivido?

Aquí habría podido vivirla, pensó John Riley.

E inmediatamente después ahuyentó aquella sensación de angustia obligándose a observar atentamente las líneas defensivas. Los escasos cañones, vetustos y mellados, apuntaban sus bocas inútilmente hacia la llanura. Los soldados mexicanos ya no recorrían el adarve agachando la cabeza, tal parecía que se hubiesen resignado a recibir un balazo en la testa, con el fatalismo que se apodera de los combatientes cuando sienten próxima la inevitable derrota.

Un convento, pensó. Parece un destino que se cumple. Morir tras los muros de un convento después de haber cabalgado por las praderas del norte, entre los valles al sur del río Bravo, a través de las montañas de la Sierra Madre, después de haber vadeado ríos y atravesado pantanos y desiertos. Después de todo lo que he vivido, vengo a morir aquí, a un convento. Como para obligarme a recitar: «Señor, aunque pase por un valle tenebroso, ningún mal temeré, porque tú estás conmigo...».

Una fortaleza, en realidad, a pesar de las hermosas cúpulas coronadas por una cruz. Se preguntó por qué los españoles habrían edificado el convento y la iglesia de Churubusco como un bastión imponente y austero en el centro del valle de México, cuando los aztecas no tenían ya ninguna esperanza de sublevarse y devolverlos más allá de los volcanes, hacia el mar de donde habían venido.

Los volcanes. Los miró allá en el horizonte soleado. Los dos colosos parecían montar guardia a Ciudad de México, después de haber asistido al exterminio de cuantos los veneraban como divinidades. También hoy, pensó John Riley, ustedes dos velarán silenciosos la enésima masacre. ¿Pero a quién se lo podrán llegar a contar?

Entornó los ojos para ver mejor: el enjambre de casacas azules estaba tomando posiciones. Se preparaban para el ataque, los disciplinados, bien armados, bien equipados, ferozmente despiadados yanquis. Tropas regulares, por lo tanto adiestradas y descansadas gracias a los continuos reemplazos, y conscientes de su superioridad no sólo numérica sino sobre todo bélica: mosquetes modernos, oficiales expertos, nada que ver con la chusma de degolladores de la milicia tejana, ni con la horda de voluntarios de Nueva York, acostumbrados a dar navajazos en el vientre a los nuevos inmigrantes pero no a marchar compactos bajo el fuego enemigo. Sin embargo, no era aquel hormiguero en estado febril por los preparativos lo que lo atemorizaba. Los cañones. Sus malditos cañones de largo alcance, recargables con una rapidez fatídica, los cañones que habían determinado la inexorable serie de derrotas a pesar del arrojo de quienes estaban ante sus bocas de fuego. Los conocía bien, él, el exteniente de artillería de los Estados Unidos de América, John Riley, bautizado en Clifden, condado de Galway, con el nombre de Sean Padraic O'Raghallaighl, el renegado irlandés, el desertor... El patriota mexicano John Riley. Mexicano, sí, por elección y por amor.

Pero no, dijo para sus adentros, ni siquiera sus cañones me atemorizan... Nada puede infundir miedo a quien ya se sabe muerto.

—Nunca te pongas a sotavento de un soldado.

John Riley se giró lentamente y examinó a Patrick Dalton como si lo viera por primera vez. El otro sonrió, o mejor dicho, hizo una mueca contraída que podía recordar vagamente un intento de expresión sarcástica. Sus cabellos rojos brillaban bajo el sol de mediodía.

Es verdad, pensó John Riley, ningún animal en el mundo apesta más que un hombre que combate durante días. Durante meses. Durante años.

La pechera de su camisa había pasado del blanco inmaculado de la primera batalla al gris sucio de sudor rancio y polvo húmedo; le faltaban varios botones, ojales huérfanos de falso oro, el cuello mugriento, los pantalones raídos, la casaca que una vez debió ser azul marino... Maldita sea, el mar, el océano Atlántico, atravesado un día que pertenecía ya a otra época, tiempo de esperanzas vanas y redenciones negadas, huyendo de la miseria, del hambre al otro lado del mar...

El mar de Irlanda. Azul cobalto, jaspeado de espuma blanca. El verde de su tierra. El mismo verde de su estandarte de combate, a estas alturas reducido a un trapo ennegrecido por el humo de los cañonazos. Lo divisó sobre el pendón junto a la primera batería. Difícil reconocer la figura de San Patricio, el trébol, el arpa celta, y leer el lema bordado por manos femeninas movidas por la nostalgia: *Erin Go Bragh*. Irlanda por siempre.

—Tampoco tú hueles a rosas, Paddy —murmuró, volviendo a mirar fijamente los movimientos de las tropas en la vasta llanura.

—Paciencia. Seguro que mañana será peor, pero nosotros no notaremos nuestra peste.

John Riley asintió.

—¿Has hecho el cálculo de lo que nos queda?

Paddy hizo un gesto extraño, como si se inclinase para escupir, y el sonido le salió de la nariz más que de la boca.

—Muy poco. No hizo falta mucho trabajo para distribuir un par de barriles de pólvora y alguna bala oxidada. También se están acabando las municiones para los mosquetes. Las bayonetas... bueno, sí de esas, tenemos todo. Y piedra para afilarlas tampoco falta.

Un crujido de pasos en la gravilla los hizo girar.

Cavanaugh estaba subiendo con gran esfuerzo a los baluartes cercanos, jadeando y despotricando. En otro tiempo alto y robusto, ahora demacrado y encorvado, el campesino del condado de Corcaigh —«*the Rebel County*», como lo llamaban los ingleses—, llevaba su vieja gaita. Con un último esfuerzo, se irguió tan alto cuanto era e infló los pulmones. Luego sopló lentamente. El odre de piel se tensó hasta volverse casi esférico. Y en ese momento, de la *uilleann pipe* surgieron las notas vehementes de *Amazing Grace*.

Primero una voz débil, luego otra, hasta que un coro acompañó a la gaita:

Estuve un tiempo perdido, pero ahora me he reencontrado. / Era ciego pero ahora veo. / Cuando esta carne y este corazón ya no estén, / y la vida mortal acabe...

Y allá abajo, entre las tropas desplegadas para el asalto final, algunos se quitaron la gorra.

Paddy cogió el fusil que había apoyado en el murallón, y dio unos pasos hacia la posición asignada. Antes de desaparecer más allá de un mísero montoncillo de sacos de arena, alzó el arma y dijo en voz alta, pero sin gritar:

—*Erin Go Bragh.*

John Riley profirió un profundo suspiro y repitió:

—*Erin Go Bragh.*

El suyo fue más un susurro que un grito de guerra.

Era un chico con el pelo rapado a cero por los piojos y costras en la cabeza cuando subí a bordo de un navío a punto de zarpar hacia América. La carestía de las papas no nos dejaba otra opción: o emigrar al otro lado del atlántico o morir de hambre. Mi madre y mi padre eran de los irlandeses afortunados, porque tenían una pequeña parcela donde cultivar algo para comer, papas sobre todo. Inglaterra había impuesto el monocultivo de lino para exportar y así enriquecer a sus comerciantes, y obviamente no a nosotros los irlandeses, raza inferior y encima «papistas». Luego las papas comenzaron a pudrirse, y no hubo nada que hacer. Mi madre y mi padre intentaron usar incluso las algas como fertilizante, y al principio funcionó, pero luego llegó el invierno de 1816, con aquel frío maldito que convirtió todo en un lodazal. En aquel entonces tenía once años, y me despellejaba las manos en la tierra helada, sacando papas que luego se me deshacían entre los dedos, apestando a podrido. Los irlandeses murieron a miles por el hambre y las privaciones. Tras una breve tregua, Madre Naturaleza, violada por los ingleses con su maldito lino, decidió darnos otro mazazo; en 1820 la hambruna fue aún más mortífera, y mi madre y mi padre dijeron: «Vete, hijo, mientras te queden fuerzas».

Así, vendieron aquel terreno a un buitre, y con la miseria obtenida compraron un pasaje en la bodega de un buque.

Vomité hasta los hígados en aquel mes de travesía, maldiciendo a los ingleses, al lino y a las papas. Llovía casi siempre, pero pasar alguna hora en el puente era un privilegio inusitado. Me resguardaba bajo una lona mugrienta que compartía con un viejo profesor que soñaba con enseñar botánica en Nueva York; pobrecillo, quién sabe cómo habrá acabado. a mí, que era un chiquillo, me parecía un viejo, pero ahora que lo pienso tendría más o menos cuarenta años, una edad que entonces, en Irlanda, era buena para la tumba…

El profesor me contó una historia curiosa: estábamos yendo a América, es decir, de donde provenía la papa, llevada a Europa por los españoles en el mil quinientos. El destino al revés: la papa nos había dado de comer durante tres siglos y ahora nos obligaba a buscar algo que meter en el estómago en la inconmensurable América.

Cuando un marinero dijo que ya se veía la costa, todos nosotros, hijos de una tierra desesperada, nos dejamos llevar por un frenesí convulso. Yo, aunque sólo fuera por la perspectiva de dejar de vomitar. Los guardias de a bordo tuvieron que hacer grandes esfuerzos para empujarnos hacia atrás, mientras los oficiales gritaban que no se sobrecargase la proa. Un centenar de muertos de hambre, por muy flacos que estén, descompensan un velero si se desplazan todos hacia delante.

Las esperanzas apenas nacidas murieron de golpe. Viendo la muchedumbre en el embarcadero del muelle, alguno se hizo ilusiones con que estuviesen allí para acogernos con los brazos abiertos. Quizá, joven como era, mi vista era mejor, porque a mí me pareció que aquellas caras allá abajo no sonreían en absoluto…

Apenas nos pusimos en fila para desembarcar, con nuestras pocas pertenencias a la espalda dentro de un morral, comenzaron los gritos y los insultos: «¡Malditos irlandeses, son demasiados! ¡Basta ya de irlandeses! ¡Condenados papistas!».

Y los que tenían las manos en los bolsillos las sacaron llenas de piedras. Una pedrada alcanzó a una mujer en la frente, estaba a mi lado, solté el saco para agarrarla pero no llegué a tiempo. Cayó entre la pasarela y el costado del buque, me di cuenta inmediatamente de que no sabía nadar. Todavía ahora me pregunto por qué esperé: el morral con todo lo que poseía dentro, la gruesa chaqueta regalo de mi padre, la morralla en los bolsillos... pensamientos mezquinos, y mientras tanto ella, aquella desgraciada, desaparecía entre los cabos que servían de paragolpes, y yo la vi estrujada por el casco que se acostó medio metro, empujado por la onda de otro que atracaba en el muelle de al lado.

Recuerdo las carcajadas, y aquellas frases a grito pelado: «¡Una perra irlandesa menos! ¡Esa no parirá bastardos!».

Busqué con la mirada al infame que la había pronunciado, pero vi al menos una docena de hombres atareados en lanzar piedras y tuve que agacharme para no recibir una en la cara. Apretaba el cuchillo en el bolsillo, y el profesor me aferró por un brazo: «Te matarán. Mirada baja y jala para adelante».

Así lo hice. Y aprendí a convivir con la cobardía para salvar el pellejo. Mirada baja y jalar para adelante. Hasta que un día decidí levantar la cabeza y... Pero es una larga historia, y la revivo con la memoria aquí, momento por momento, nítida en cada detalle, cada rostro, cada voz, en esta pequeña casa de Veracruz, esperando que el mezcal me dé un poco de sosiego.

Nadie nos lo había advertido. Nosotros los irlandeses éramos la escoria de Nueva York; nos odiaban a muerte. La religión era un pretexto, los puritanos instigaban al linchamiento de los católicos. Pero en realidad, nos consideraban pordioseros que portaban enfermedades y venían a disputar tierras y casas a los colonos anglos. Nueva York era un infierno de bandas que se repartían el control de los barrios a fuerza de puñaladas, golpes y tiros de escopeta, aunque —hecho singular— más tarde descubriría que las armas de fuego eran consideradas cosas de cobardes. Coserse a navajazos, fuese con machetes de carnicero o hachas de carpintero, era una especie de código de honor. Había que destripar al adversario, tenías que degollarlo en el cuerpo a cuerpo, todavía mejor si extraías su corazón aún palpitante para luego morderlo delante de todos, si querías ganarte el respeto de vencedores y vencidos.

En otras ciudades sería incluso peor: en la muy civilizada y avanzada Filadelfia, los protestantes más fanáticos organizaron milicias y acabaron prendiendo fuego a todo el gueto irlandés... Sí, porque nuestra gente, en los Estados Unidos, recibía el mismo trato que los judíos en tantas ciudades europeas. Los barrios habitados por irlandeses se convertían en guetos y ningún propietario nos alquilaba siquiera un cuchitril en otras zonas; no querían que nos mezcláramos con ellos, que formáramos parte de su proyecto de sociedad... y en Filadelfia durante seis días y seis noches, se abrió la veda. Impidieron incluso a los bomberos ir a apagar los incendios.

En cuanto al hambre, seguí frecuentándola como en Irlanda, compañera inseparable de días agotadores y noches insomnes; seguí sintiendo los calambres que roen más que las ratas, que te devoran las orejas si duermes profundamente, y cuando despiertas sólo queda un agujero sangriento. Este es el Nueva York de mis recuerdos: miasmas fétidos, gente cruel, suciedad y ratas por todas partes.

Al menos en el huerto familiar siempre encontraba algo que llevarme a la boca, aunque sólo fuese una raíz amarga como la hiel. En Nueva York, para los irlandeses —si se trataba de varones jóvenes con alguna fuerza todavía en el cuerpo— sólo había un modo de apaciguar el estómago permanentemente vacío: alistarse.

El Ejército de los Estados Unidos de América. «ESTA JOVEN NACIÓN NECESITA EXPANDIRSE», titulaban los periódicos que de vez en cuando lograba ojear en la taberna donde gastaba las pocas monedas ganadas descargando mercancías en el puerto. Porque yo no era analfabeto, como tantos otros venidos de mi verde, desgraciada, maldita Irlanda. Antes de la hambruna de 1816, había podido ir a la escuela de Clifden, en el condado de Galway, y según el maestro, prometía... Prometía, ¿qué y a quién? Una plantación de lino cuyas ganancias se embolsaba el comerciante inglés llegado de Dublín, o el pequeño campo de papas roídas por la plaga del tizón... «No hay esperanza en Irlanda» me dijo un día mi padre, «y nosotros no podemos permitirnos hacerte estudiar. Márchate, y olvídate de esta tierra dejada incluso de la mano de Dios».

Saber leer y escribir resultó tan útil como tener los dientes sanos y la piel sin sarna: apto y alistado. En artillería. La joven nación necesita expandirse; los soldados servían para la expansión. Y aún más los artilleros. Las fértiles tierras del Sur tenían que ser regadas con una buena dosis de cañonazos, para quitárselas a quien las habitaba desde siempre.

Aprendí deprisa. Ni siquiera yo sé por qué, pero la balística en el campo de instrucción me entraba mejor que la aritmética en los bancos de la escuela. Y eso que se trataba de cálculos allí también... ángulo de tiro y alcance, velocidad del viento a favor o en contra, tiro directo o en parábola, fuerza de gravedad y rozamiento... pero una cosa era hacer cuentas en los cuadernos y otra bien distinta ver el blanco en la colina que se desintegraba alcanzado por una bala explosiva de dieciséis libras. Le tomé gusto, lo confieso. Y al final del curso era sargento. No había pasado ni un año, y por méritos en el campo me ascendieron a teniente.

Tenía un futuro en el cuerpo de artillería del Ejército de los Estados Unidos de América.

Pero el futuro no está hecho para nosotros, irlandeses.

2

1845. Las verdes colinas de Texas

Erin relinchó dócilmente, e intentó detenerse para pacer la hierba fresca de la pradera. Riley tiró con dulzura de las riendas para invitarla a proseguir, pero no usó las espuelas. Erin obedeció, muy a su pesar.

La había llamado así, a su yegua, cruce entre un robusto quarter y un ágil apalusa, propiedad del Ejército de los Estados Unidos de América, pero evitaba cuidadosamente pronunciar aquel nombre ante cualquiera que no fuese irlandés. Alguno habría podido intuir que era un nombre en gaélico, y nada menos que el nombre de la Isla Esmeralda.

A su lado cabalgaba el capitán Aaron Cohen, quien le había pedido –aunque hubiese podido simplemente ordenárselo– que saliese con él de patrulla para un reconocimiento avanzado.

Riley miraba los campos verdes, fértiles, el valle exuberante de árboles frutales y pequeñas parcelas cultivadas, y pensó en la falsa idea que se había hecho al recibir el encargo operativo de trasladarse a Texas. Creía tener que enfrentarse a llanuras arenosas, áridas, yermas. Ahora sabía que en Texas, inmensamente grande, había zonas desérticas, pero había entendido también por qué se podía desencadenar una guerra para apoderarse de aquel estado bendecido por Dios. Ofrecía todo lo necesario para la cría de ganado y la agricultura, y le habían dicho que en la costa el mar era abundante en pesca. Y además había ríos, zonas pantanosas... en definitiva, agua en abundancia. Cierto, no llegaba a ser el paraíso en tierra de pecadores que era California, con su clima ideal, pero también Texas prometía riquezas inagotables a quien supiese aprovecharlas.

—Teniente Riley, ¿por qué sonríe?

Se puso rígido, no se había dado cuenta de estar sonriendo.

—Pensaba en California.

—¿Y eso le hace sonreír?

—Imagino que era sarcasmo.

El capitán Cohen sintió curiosidad.

—Explíquese.

Riley se encogió de hombros.

—Pensaba que esta guerra por Texas es sólo un pretexto. A ustedes les interesa sobre todo California.

El capitán lo escudriñó de reojo.

—¿A nosotros? ¿Qué quiere decir? Por lo que a mí respecta, sólo estoy obedeciendo órdenes. y California está muy lejos de aquí.

—Ya. Pero trazarán una bonita raya en los mapas, hasta el Pacífico. Y usted lo sabe mejor que yo.

Continuaron cabalgando al paso, en silencio.

—Teniente Riley, le he pedido que viniese conmigo de reconocimiento porque quería hablarle de un asunto bastante serio.

Riley se giró para mirarlo, a la espera de que continuase.

—Sabe bien que lo estimo como oficial y como hombre...

Riley comenzaba a temer lo peor.

—Pero conoce los reglamentos. y usted, teniente... mantiene relaciones confidenciales con nuestros soldados y suboficiales irlandeses. Lo consideran un punto de referencia y... en fin, teniente, vamos al grano: ¿qué demonios están conspirando?

Riley tiró de las riendas y Erin se detuvo clavando las patas delanteras.

—¿Conspirando? —repitió con tono resentido.

—Continúe, por favor... Esperaba haberme ganado su confianza en estos años de milicia. A estas alturas se han dado cuenta hasta en el cuartel general y yo, como puede imaginar, estoy sometido a continuas presiones. No podré cubrirles por mucho tiempo.

—Capitán Cohen: ¿en qué y por qué nos estaría cubriendo? Mis hombres sufren castigos absurdos e injustos por una tontería, y usted nos estaría... ¿cubriendo?

El capitán se quitó la gorra y se secó el sudor de la frente, resoplando impaciente.

—Por favor, dejemos de fingir como que no entendemos y hablemos claro: lo que al principio se podía definir como «descontento» entre los soldados irlandeses, está adoptando formas preocupantes de auténtica insurrección, y temo que estén pensando en desertar. Teniente Riley, ¿creen que son los únicos que sufren injusticias? ¿Se da cuenta de que en el Ejército de los Estados Unidos hay hombres provenientes de innumerables naciones y todos se sienten discriminados, excluidos de las promociones y castigados arbitrariamente? ¡Le aseguro que ustedes los irlandeses no son los únicos!

Riley sacudió la cabeza, volviendo a avanzar con una ligera presión de los talones.

Cohen hizo lo mismo, poniéndose a su lado.

—La sociedad americana es compleja, toda ella en un devenir, animada y sostenida por intenciones excelsas. La nuestra es una democracia inmadura, es verdad, pero debemos darle tiempo para crecer, madurar... el camino es largo, y por desgracia, los errores son inevitables... ¿Entiende lo que quiero decir?

Riley asintió.

—Oh, sí, lo entiendo, claro que sí. En el cuerpo de expedición hay polacos que hablan entre ellos en polaco, alemanes que hablan entre ellos en alemán, y luego italianos, franceses... pero sólo si dos irlandeses hablan en gaélico, son condenados a veinte latigazos. ¿O no es así, capitán Cohen?

El capitán hizo una mueca contrayendo la mandíbula y miró hacia el cielo.

—Sí, quizá sea así, teniente Riley, pero ¿mi nombre y apellido no le dicen nada? ¿Cree de veras tener la exclusiva de la discriminación? ¿De las humillaciones? ¿Puede siquiera imaginar lo que he tenido que soportar yo, que me llamo Aaron Cohen, en West Point?

El teniente Riley lo miró fijamente a los ojos, antes de decir:

—¿y quién se lo mandó?

—Ahí quería llegar; me lo mandó la convicción de que ésta puede llegar a ser una gran nación no sólo militar y territorialmente, sino también y sobre todo, como ejemplo de sociedad multirracial y multirreligiosa ¡un ejemplo para el resto del mundo! Pero para conseguirlo deberemos apretar los dientes, maldita sea, ¡demostrar fuerza de voluntad y un temple de acero! ¡Y no lloriquear cada vez que un sargento nativo reprime a un soldado irlandés porque se expresa en una lengua prohibida por el reglamento! Forma parte de las *Rules of Engagement*, y usted suscribió esas reglas como todos cuando se alistó.

Riley encendió un cigarro. Luego, con un gesto de excusa, ofreció uno al capitán que, un poco reacio, al final aceptó.

Los dos continuaron cabalgando juntos, dejándose a la espalda bocanadas de humo aromático de tabaco mexicano de Veracruz.

Luego el teniente Riley rompió el silencio.

—Ha dicho multirracial... bueno, capitán, sinceramente, en esa que usted llama gran nación, hay una raza que hace de esclava a la blanca y es tratada a latigazos, y otra, la de los indios, que es perseguida a tiros y tiene sólo un futuro, extinguirse. En cuanto a nosotros los inmigrantes, bueno, no nos engañemos: irlandeses, italianos, polacos, poco importa. Son los nativos anglosajones los que mandan, los que desde hace al menos dos o tres generaciones nacen aquí y se creen con el derecho de dictar las leyes. Nos consideran pordioseros y miserables que les roban el trabajo, que portan enfermedades, infectan el ambiente y profesan religiones retrógradas. Nosotros somos un lastre, somos un obstáculo al progreso de los nativos. No hay lugar para nosotros en ese proyecto de gran nación del que habla.

—¿Pero qué dice? Mírese los distintivos; usted, Riley, irlandés, es teniente, y yo, Cohen, judío, soy capitán. ¿Le parece que podemos quejarnos? ¡Somos lo que somos porque tenemos temple para serlo! De eso se trata, de temple.

Riley le dirigió una mirada que, aun tratando de controlarse, resultó de profunda conmiseración.

Pero estimaba a aquel oficial. A pesar de todo, era el único con quien podía abrir su corazón sin miedo a represalias.

—Capitán, es usted el que no entiende. Yo podría perfectamente continuar obedeciendo las órdenes y hacerme de la vista gorda, y quizá, a pesar de ser irlandés, seguir haciendo carrera. Pero lo que sucede aquí... —e indicó con un gesto la vastedad del paisaje—, las atrocidades que estamos cometiendo, los civiles masacrados sin motivo, las niñas violadas, las casas incendiadas, los campesinos obligados a la deportación, al exilio, ellos que viven aquí desde siempre... ¿Cómo es posible que no lo entienda, precisamente usted, que debería llevar en la sangre el recuerdo de la persecución?

El capitán Cohen tiró de las riendas. Evitó la mirada de Riley. Miró fijamente un punto en el vacío, más allá de las colinas boscosas. Asintió.

Luego, su voz fue poco más que susurro.

—Llevo siempre ese recuerdo en la sangre. Pero no me rendiré jamás. No permitiré que me dejen fuera de este sueño de nación, formaré parte de él, lucharé para que se cumpla y para conquistar mi lugar y mis derechos. Si me marchase, si me rindiese, todas las humillaciones sufridas, todos los abusos soportados, habrían sido vanos, inútiles. Piénselo, teniente Riley. Sin aquellos como usted y como yo, se impondrán los peores.

Se quedaron observando el valle, cada uno absorto en sus pensamientos.

—Yo no olvido nada, ¡nada! —dijo Cohen de repente, con voz vibrante—. La memoria lo es todo, pero es peligroso consumirse en el rencor.

Riley suspiró sacudiendo la cabeza. Tiró la colilla con un gesto de rabia.

—Mi memoria, capitán Cohen, está hecha de frío y hambre, papas podridas y bastonazos en la espalda. Si me pongo a recordar, veo a mi padre que maldice y a mi madre que se traga las lágrimas. Veo soldados ingleses que disparan al pecho de los muchachos que crecieron conmigo. Y si mi memoria viaja a tiempos más cercanos, veo irlandeses asesinados como perros sarnosos en las calles de Filadelfia.

No, capitán, la memoria es una bestia. Prefiero dejarla dormir, y me cuido bien de no despertarla.

Apretó las rodillas y Erin retomó el paso. Tras una leve vacilación, el capitán ordenó:

—Regresemos al campamento.

Riley hizo girar a la yegua y partió al galope.

¿Por qué los irlandeses son tan tercos e incomprensibles?, pensó Cohen espoleando su bayo para seguirlo.

3

La Balada de John Riley

Un conocido periodista había escrito en el *Herald* de Nueva York: «México aprenderá a amar a su violador». En el artículo se aventuraba a hacer una osada comparación con las vírgenes sabinas, tomadas a la fuerza por los romanos. De hecho, para los tejanos de las milicias las violaciones formaban parte del botín de guerra y de conquista.

De vuelta en el campamento, montado a las afueras de un pueblo, Cohen se retiró a su tienda. Riley se detuvo a acariciar el hocico de Erin; había notado que el cabo O'Mallory tenía el rostro taciturno y estaba ansioso por hablarle. Hizo como si nada y se limitó a saludarlo con un ademán. No debía confabular con otros irlandeses ante ojos indiscretos, puesto que ya se hablaba de «conspiraciones». O'Mallory lo entendió al vuelo y se alejó. Los dos se encontraron en la pila donde abrevaban los caballos. Erin estaba sedienta, y lanzó un relincho de satisfacción.

—No puedo más, teniente. Tenemos que hacer algo —susurró O'Mallory.

—Calma. No es momento para imprudencias, te lo aseguro.

—Bueno, venga conmigo y después decidirá —y O'Mallory indicó la choza que servía de alojamiento a algunos ranger tejanos.

El caporal dio un rodeo para ir a la parte de atrás evitando la puerta principal que, además, estaba atrancada. Riley lo siguió a distancia, reacio. Sentía que estaban a punto de meterse en líos y, tras la charla con el capitán, sabía que tenía que ser prudente.

O'Mallory lanzó una ojeada desde la ventana e hizo un gesto a Riley para que echase un vistazo dentro.

Voces de hombres excitados, carcajadas groseras, incitaciones y gemidos sofocados. Se decidió a mirar.

Dos *rangers* tejanos tenían acorralada a una chiquilla mexicana; uno le apretaba la boca con una mano enguantada, mientras Cheney, el sargento de la milicia, acababa de arrancarle la ropa al tiempo que se desabrochaba los pantalones. Era poco más que una niña, y se lamentaba débilmente, pataleando cada vez con menos vigor. Antes de que Riley pudiese detenerlo, el cabo O'Mallory se precipitó hacia la entrada de la choza, decidido a entrar. Riley fue tras él tratando de hacerlo entrar en razón, para después ir a llamar al capitán, pero era demasiado tarde; el cabo había desfondado la puerta de una patada. Riley extrajo la pistola reglamentaria y se mantuvo apostado de perfil, sin dejarse ver por los de dentro.

Cerró los ojos. Acabará mal, pensó.

Oyó claramente la voz de O'Mallory que provenía del interior:

—*Scabhtéir gan mhaith!*

Aunque no ha entendido que le acaba de llamar canalla, pensó Riley, reaccionará.

El sargento se giró lentamente, subiéndose los calzones:

—¿Qué carajo has dicho, rata irlandesa?

El cabo escupió al suelo y añadió una fatídica maldición:

—*Titim gan éirí ort.*

Cheney aferró una fusta de la mesa y la blandió contra O´Mallory, que se echó hacia delante desafiante:

—*Sáigh suas do thóin é!*

Métetela por el culo.

Riley se dio cuenta de que tenía que intervenir.

El sargento, por toda respuesta, había asestado ya un latigazo a O'Mallory en pleno rostro.

El cabo se contrajo, la quemazón de la mejilla le nublaba la vista, pero tenía ya la mano en la pistola enfundada. El sargento y dos milicianos fueron rápidos en extraer los revólveres. Y en aquel momento el teniente Riley entró en la choza.

—¡Bajen las armas o acabarán ante la corte marcial!

—Hijos de puta irlandeses, ¡los mataremos como a perros y los echaremos de comer a los cerdos! —gritó el sargento.

Riley disparó al aire. Astillas de madera llovieron del techo sobre las cabezas de los presentes, mientras una nube de humo azulina ofuscaba el ambiente en penumbra. La detonación debía de haberse oído a una distancia considerable, o al menos eso esperaba Riley.

Uno de los tejanos rio sarcásticamente, sin mostrar ningún temor:

—El octavo día Dios se relajó, echó una bonita cagada en medio del mar, y he aquí: creada Irlanda.

Esta vez se echó a reír también el sargento Cheney.

Riley trató de ganar tiempo.

—Sí, podrán matarnos a ambos, pero a alguno de ustedes nos lo llevaremos al infierno. ¿y luego? Soy un oficial; el que sobreviva de ustedes, ¿está seguro de poder salirse con la suya?

Los tres tejanos lo miraban con odio y, a pesar de las caras inexpresivas, parecía que estuvieran pensando...

En aquel instante, resonó una voz imperiosa:

—¡Aten-ción! ¡Fir-mes!

Todos se giraron hacia el recién llegado: el capitán Aaron Cohen.

—¡Teniente Riley! Informe. ¡Explíqueme qué demonios está ocurriendo en este dormitorio!

Detrás del capitán habían aparecido dos soldados apuntando con sus fusiles. Todos enfundaron las pistolas.

El capitán hizo un gesto a Riley, para hablar aparte.

—¿Y bien?

Antes de que el irlandés pudiese abrir la boca, el sargento de la milicia tejana intervino en voz alta:

—Capitán, dígale usted que estos animales se deben expresar en la lengua del Ejército de los Estados Unidos ¡Hay una ley, por Dios!

Cohen suspiró impaciente y exclamó dirigiéndose a los tejanos:

—Cuando les conviene echan mano del Ejército de los Estados Unidos, pero no me parece que estén dispuestos a respetar sus reglas.

Luego cogió por un brazo al teniente Riley, para amonestarlo en voz baja:

—Creía que se lo había dicho bien claro: hay reglas que se deben respetar, y en el Ejército está severamente prohibido expresarse en gaélico. ¿Por qué diablos siguen provocándoles?

Los ojos azules de Riley echaban chispas.

—¿Reglas? Entonces aclárame otra cosa, capitán: ¿en nuestro Ejército se autoriza la violación de chiquillas?

Cohen quedó atónito, y Riley, de tres zancadas, fue a apartar un trapo que servía de mampara a un catre. Detrás, la chiquilla temblaba y se secaba las lágrimas con el dorso de la mano. Estaba semidesnuda, el vestido desgarrado dejaba entrever un seno que ella intentaba cubrir con el otro brazo. El capitán sacudió la cabeza, después se dirigió a los dos soldados de su escolta:

—Arresten a esos tres depravados.

Cuando el sargento les pasó por delante, murmuró entre dientes:

—Tus insignias me importan un carajo, judío de mierda. Yo soy el sargento Cheney de los *rangers* de Texas, y nosotros no obedecemos a ningún hijo de puta llegado del Norte. Estate atento a lo que haces, si no quieres encontrarte un buen día de estos con un cuchillo en la espalda.

El capitán le sostuvo la mirada, y luego hizo una señal a los dos soldados para que se los llevaran.

—Yo no voy a ninguna parte —exclamó uno de los milicianos—. Sólo nos estábamos divirtiendo, y quiero acabar la fiesta. No recibo órdenes tuyas.

—¡Hombres de la escolta! —ordenó el capitán—. ¡Preparados para abrir fuego!

Los dos soldados levantaron los percutores de los fusiles y apuntaron. Los tres milicianos se carcajearon, y el sargento desenfundó nuevamente el revólver.

El teniente Riley golpeó a Cheney con la culata de la pistola en la nuca, y cayó de rodillas al suelo, sin perder el sentido. El golpe no había sido demasiado fuerte.

—Te mataré, perro irlandés, te juro que pronto ajustaremos cuentas...

—Deberías darme las gracias —respondió Riley—, estos estaban a punto de dispararte. Sólo he evitado lo peor.

La mirada inyectada en sangre del sargento Cheney confirmó a Riley que al final se había metido en líos de verdad. Y si allá arriba había un Dios, sólo Él sabía cuántos esfuerzos había hecho para evitarlo. Pero era el destino, evidentemente.

Antes o después ocurrirá, pensó Riley, y entonces, ese día... *scaoil libh*. Fuego a mansalva.

El despoblado Tejas, el codiciado Texas. Todo había empezado allí, en aquella tierra maldita, tan linda y generosa que hacía despertar los apetitos de los más indeseables, hombres endurecidos por las privaciones y habituados a disputar cada bocado con quien está a su lado, convirtiéndose así en seres despiadados capaces de cualquier cosa.

Los he llegado a odiar, pero no los condeno. A fin de cuentas yo también he matado por el sueño de conquistar mi pedacito de tierra prometida. Que hoy se encontraría aquí, en Veracruz, a miles de kilómetros de aquel Edén que me atrajo a mí también, maldito el día en que me enviaron con mi regimiento…

Leo mucho. Necesito saber, entender cómo pudo ocurrir. Solamente los libros de historia me dan un poco de paz. Y mando cartas a los archivos de Ciudad de México que, milagro, a menudo me responden con estudiadas y patrióticas explicaciones de hasta la cuestión más nimia. Se lo han tragado, me creen un estudioso de la materia. Y creen que realmente estoy escribiendo un texto sobre la guerra y las causas que condujeron a nuestra derrota. En realidad, soy a duras penas un seanchaí, *como llamaban a los cuentacuentos en la vieja Irlanda. ¿Por qué lo hago? Quién sabe. Para arruinarme lo poco de vida que me queda, supongo.*

Doña Margarita, que registra en un gran libro los ejemplares que cojo prestados de la biblioteca, hace algún tiempo me ha dicho que me estoy convirtiendo en un sabio. Pero no soy en absoluto un sabio. Si lo fuese, bebería menos y aprovecharía esta segunda vida que el destino me ha reservado. Si fuera sensato, apreciaría más el amor de Consuelo y no permanecería indiferente a esas miradas suyas en las que leo una mezcla de reproche y preocupación, cuando me ve deslizarme en la soledad de los libros y el mezcal, casi sin salir de nuestra casita a orillas del mar, donde al principio iba a pescar y cultivaba el huerto, contentándome con la mísera pensión que recibo del Gobierno mexicano por haber combatido y perdido tantas batallas. Quizá a los ojos de la bibliotecaria tengo aspecto de viejo sabio a causa del pelo y de la barba de pordiosero que me dejo crecer para cubrir las horrendas cicatrices de las mejillas. Quien no conoce mi historia no puede distinguir dos letras d en este estrago de piel quemada y pústulas que tengo por cara. Cuando una ráfaga de viento me retira los cabellos, y la barba desaliñada no es suficiente para esconder el ultraje, la gente cree que son consecuencia de la viruela, o el lupus, o alguna otra sucia enfermedad, que en cualquier caso habría preferido a la marca de infamia que deforma mi rostro. Marcado a fuego, como un becerro.

D for Deserter. A renegade. A traitor.

Y pienso constantemente en mis compañeros. ¿Por qué no me ahorcaron junto a ellos, condenándome a los remordimientos del superviviente?

D como destino.

Y el destino de un superviviente es hacerse preguntas. Es no encontrar la paz. Los libros, las cartas, son la única anestesia... diluida en el mezcal, claro. Pero el mezcal agudiza el escozor de la cara, y Consuelo de vez en cuando me aferra la mano, y sólo entonces me doy cuenta de que me estaba rascando hasta hacerme sangrar.

No soy un sabio, ni un historiador como creen en los archivos de Ciudad de México, que responden escribiendo en el sobre

«Licenciado Juan Reley», pero... he entendido muchas cosas, y aunque no se las transmitiré a un hijo, las escribo para mí, sin hacerme ilusiones de que los que vienen se interesen algún día por mi maldita vida. Aquí en Veracruz he tenido la suerte de haber conocido a un erudito, José María Bocanegra. Don José se ha retirado a una casa del puerto para escribir la historia del México independiente y sabe cómo sucedieron muchos acontecimientos que en el norte contarán de modo muy diferente. O que sencillamente no contarán. Él ha tenido la benevolencia de recibirme y responder a mis preguntas, y gracias a estas charlas he aprendido tanto...

Sí, todo comenzó en Texas, al que los mexicanos, después de los españoles, han seguido escribiendo Tejas; qué más da, aquí la equis de México la pronuncian aspirada del mismo modo que pronuncian la jota. México era independiente desde 1821, pero con anterioridad, en los inmensos territorios del norte, diversos colonos de origen anglosajón habían obtenido vastas concesiones del Gobierno español, y en 1822 Stephen Austin llevaría numerosas familias a Texas para crear asentamientos agrícolas y ganaderos. El nuevo Gobierno mexicano no puso obstáculos. Los consideraba un recurso, ya que en aquellos territorios vivían muchas comunidades apaches, comanches, wichitas y kiowas que atacaban las misiones franciscanas y a los pocos agricultores mestizos que los habitaban. Aumentar la población de Texas con los colonos significaba oponerlos, fusil en mano, a las correrías de los indios. Se endurecieron, y mucho, aquellos colonos. Porque los indios, cómo no, los masacraban sin piedad. Oh, sí, tenían sus razones, pero eso no servía de nada: el «progreso» los había condenado a la extinción. Cuantos más colonos con mujeres e hijos degollaban, más colonos llegaban. Y cada vez más aguerridos, cada vez más resueltos a descuajar tierras fértiles y criar vacas donde antes corrían bisontes y caballos salvajes. Cada colono que salvaba la piel se convertía en un buen tirador y en un experto cazador de indios. No había solución, ni de una parte ni de la otra, ojo por ojo. Pero de una parte había excelentes carabinas, de la otra, no.

En cuanto a los mexicanos... la ilusión que se hicieron fue creer que las familias estadounidenses se integrarían gradualmente en su sociedad. Qué error. Y qué caro han pagado aquella ilusión.

Cuatro mil acres por sólo cuarenta dólares, tal era el precio que fijó el Gobierno mexicano por las tierras tejanas. Acudieron miles desde el norte. He encontrado algunas cifras en un texto de la Secretaría de Fomento Agrícola: en 1827 eran doce mil; en 1837 más de treinta mil, contra sólo ocho mil habitantes mexicanos. El primer problema surgiría con la ley de 1829 que prohibía la esclavitud. Muchos colonos norteamericanos habían llevado con ellos a sus esclavos y continuaron explotándolos, ignorando cualquier legislación de este país que, ¡maldita sea!, los acogía. Y no sólo esto, se negaban a pagar los impuestos e iban armados aunque estuviese prohibido por la ley mexicana. Mientras tanto, en Washington se hablaba de Destino Manifesto... El destino, siempre el maldito destino... aquel que según la nueva burguesía de la costa este decretaba la superioridad de la raza anglosajona sobre la latina y el derecho a dominar los territorios del Sur, y así hasta llegar a la doctrina Monroe: «América para los americanos», entendida como subordinación de todo el continente a los intereses de los Estados Unidos.

Todo ello apoyado por una feroz campaña de los periódicos de las principales ciudades, desde Nueva York a Washington, desde Boston a Filadelfia y Baltimore, que describían a los mexicanos como vagos, inútiles, borrachines, mestizos que heredaban de los indios la peor de las indolencias y la perfidia... y por si fuera poco, eran católicos. Echaron mano incluso de la religión, como una cruzada al revés. Biblia en mano, los colonos protestantes de Texas estaban convencidos de cumplir una misión divina: la tierra no explotada era una ofensa al Señor, y si los mexicanos no la cultivaban se les debía quitar, por las buenas o por las malas.

Católicos. A ojos de los protestantes herederos de los puritanos, vírgenes y santos eran una suerte de culto pagano, una idolatría. En algunos casos destruían todo, hasta a los Cristos crucificados, con el Viejo Testamento en una mano y la pistola en la otra, convencidos de que los católicos eran trogloditas, papistas contrarios al progreso, en fin... un pretexto perfecto para ponerse al frente de bandas sanguinarias. Si matas a un pagano, ni siquiera pecas. Los indios no tienen alma. Y los mexicanos no pueden tenerla, puesto que veneran ídolos de cartón piedra, madera, barro... Si matas un animal sin alma, Dios lo toma como un sacrificio y te lo agradece concediéndote una buena puntería.

Cuando el Gobierno intentó hacer aplicar la ley contra la portación ilegal de armas, los colonos tejanos comenzaron a disparar a cualquier funcionario que intentase desarmarlos. El 2 de marzo de 1836 Sam Houston, quien había abandonado la carrera política en Tennessee para establecerse en Texas, proclamó la independencia del estado del Gobierno federal mexicano, poniéndose a la cabeza de las milicias de los colonos. Al frente del Gobierno de México, desgraciadamente, estaba Antonio López de Santa Anna, general que se pasó de los españoles a los independentistas, improvisado político ambicioso; seguramente, no el estadista que el país habría necesitado en aquellas circunstancias. Asumió el mando del ejército y empezó la marcha hacia Texas. Habría bastado aquel viaje para decretar el fracaso de la empresa:

miles de kilómetros a través de montañas y desiertos, con tropas mal equipadas, casi todos reclutas de una joven república que se esforzaba en consolidarse y recuperarse tras las pérdidas de las guerras de independencia. De uno u otro modo, tres mil soldados llegaron a Texas y asediaron la misión fortificada de San Antonio de Béxar, conocida como El Álamo, donde se habían atrincherado doscientos colonos armados comandados por el coronel William Barret Travis. Resistieron durante trece días, pero al final el número prevaleció. Y nació la leyenda de los «mártires de El Álamo». Hoy sé que aquellos «héroes» eran una pandilla de sanguinarios, traficantes de esclavos, alcohol y armas, ladrones de ganado y desperados, pero ya estaba hecho; Texas tenía su epopeya y su contraseña: Remember Alamo! *Una epopeya basada en una gran mentira. He conocido soldados y oficiales mexicanos que estaban en El Álamo, y me han contado la verdadera historia de aquellos «héroes».*

Jim Bowie fue capturado en el burdel del pueblo vecino mientras estaba en la cama con una señorita, y había intentado inútilmente hacerse pasar por un pacífico hombre de negocios —cosa que en cierto sentido era verdad: compraba y vendía esclavos—. Cuando se emborrachaba se volvía violento y golpeaba a la prostituta de turno, hasta el punto que fueron algunas mujeres las que lo denunciaron a los soldados mexicanos que más tarde lo fusilarían. Davy Crockett no murió combatiendo. Cuando lo encontraron estaba desarmado, juraba ser un comerciante que se encontraba allí a su pesar, que había sido retenido a causa del ataque, decía, y negaba absolutamente haber llegado como voluntario. Santa Anna lo hizo fusilar inmediatamente. En cuanto al comandante William Travis, no pudo dar ni una orden porque murió del primer disparo que le alcanzó en la frente apenas asomó por el baluarte. Cómo cambia la epopeya de El Álamo si los que te la cuentan son los protagonistas, y los testimonios directos son mexicanos. Pero *ninguno de ellos tendrá jamás modo de desmentir a los tejanos, y ahora todos los Estados Unidos de América braman a voz en grito «*Remember Alamo!*». Han inventado un mito sobre héroes y mártires que en realidad eran estafadores. Vendían terrenos inexistentes a familias de colonos en las ciudades de la costa oriental. Evidentemente, los estafados no han tenido manera de declararlo a los periódicos, que en cambio seguían incitando a la venganza: ¡Recuerden El Álamo!*

Y así, desde los Estados Unidos se desencadenó la carrera hacia Texas. Desde el norte descendieron avalanchas de voluntarios, cargados de armas y municiones, y para colmo de desgracias, un improvisado ejército de justicieros a las órdenes de Sam Houston sorprendió a una parte del contingente mexicano en el que se encontraba el mismísimo Santa Anna. Capturado por los tejanos, fue obligado, a punta de fusil, a firmar no sólo uno, sino dos «tratados». Como si se pudiese negociar algo en aquellas condiciones. Sobre el papel se decretaba el retiro de las fuerzas mexicanas y la independencia de Texas.

Mientras tanto, México debía hacer frente a un sinfín de buitres atraídos por las heridas abiertas: Francia envió una flota a bombardear Veracruz e intentó una invasión, con el pretexto de las propiedades francesas confiscadas con la independencia. Santa Anna, que había sido enviado al exilio por el vergonzoso papel hecho, volvió para ponerse una vez más a la cabeza del ejército y derrotó a las tropas francesas para luego dárselas de salvador de la patria, él, que había perdido Texas por pura y simple ineptitud. En Yucatán, los indios, tratados como esclavos por los herederos de los españoles, se rebelaban. Las relaciones comerciales con Ciudad de México se hacían consecuentemente cada vez más difíciles y la capital estaba al límite. Por si fuera poco, todas las potencias exigían el pago inmediato de las deudas contraídas con el extranjero, llevando al país al borde de la bancarrota. En Washington –corría el año 1844– James Polk era elegido presidente de acuerdo con un programa que preveía la anexión de Texas, ratificada en diciembre de 1845.

México anunció que la anexión sería considerada una declaración de guerra. Dicho y hecho. Además de satisfacer las miras de los pendencieros sanguinarios de Texas, se perfilaba la conquista de lugares estratégicos para el comercio, como Santa Fe, o económicamente florecientes, como California. Una ocasión imperdible. Para guardar las apariencias, el presidente Polk ofreció a México cinco millones de dólares por Nuevo Mexico, que aún no se llamaba así, y veinticinco millones por California. Tomarlo o dejarlo. La opinión pública mexicana se rebeló y el Gobierno rechazó la propuesta. Polk se sintió aliviado: podía enviar al ejército y dejar aquellos treinta millones en las arcas del Estado.

La guerra fue declarada.

Yo, aquel día, me había pasado ya al otro lado.

4

Old Zack

Zachary Taylor estaba sentado en la mecedora bajo el porche de la casa que había escogido como alojamiento y cuartel general. Odiaba usar el uniforme, era incómodo y le dificultaba el movimiento; como acostumbraba, llevaba puesta una chaqueta rota de paño café, anchos pantalones de guardabosques, botas deformadas, un sombrero de paja deshilachado y el inevitable pañuelo al cuello de un color indefinido, sucio y mugriento.

A sus sesenta y un años, bajo, con sobrepeso y canoso, tenía aspecto de abuelo bonachón, tanto que sus hombres lo llamaban *Old* Zack, mientras que en tiempos de las guerras indias se había ganado el sobrenombre de *Rough and Ready*, porque con los black hawk y los seminolas se había mostrado siempre «rudo» y listo para golpear. Aunque los motivos para estar orgulloso de él fuesen bien pocos, consideradas las masacres de mujeres y niños nativos con las que se había manchado, el presidente Polk lo tenía en alta consideración y le había confiado el mando de las fuerzas estadounidenses en Texas.

Old Zack no soportaba el calor, y se le veía a menudo sentado refrescándose a la sombra del porche. Se contaba que un día, mientras estaba allí en mangas de camisa engrasando y afilando el sable reglamentario, un joven oficial de Virginia lo había confundido con un viejo ordenanza y le había preguntado que de quién era aquel sable.

—¿Éste? Bueno, es del general —le había respondido él con sorna.

—¿Limpiarías también el mío por un dólar?

—De acuerdo —y le dejó su sable. Cuando regresó al día siguiente para recogerlo, había preguntado dónde estaba el general. *Old* Zack, con gesto cansado, se había levantado, había tomado la casaca militar con los galones colgada del respaldo y se había presentado. Ante el desconcierto y el embarazo del joven oficial, le había entregado el sable perfectamente lustrado y extendido la otra mano: «En cualquier caso, me debe usted un dólar».

El general Taylor alzó la mirada hacia el recién llegado, suspiró, con cansada resignación, y encendió la larga pipa de caolín. Lo había convocado para una charla informal y posiblemente amistosa, ahora sólo esperaba no arruinarse la tarde con aquel energúmeno intratable al que intentaría hacer razonar.

¿Pero es posible hacer razonar a un tejano?, se preguntaba Zachary Taylor respondiendo cansinamente al saludo militar.

El sargento Cheney tenía un trozo de algodón empapado en sangre en la nuca, que asomó cuando se quitó el sombrero de fieltro coronado con una pluma de pavo. El general ignoró el detalle del apósito y dijo afable:

—¿Todo bien, sargento?

El otro gruñó algo y luego replicó:

—¡Todo bien, un carajo! Ese capitán judío suyo ha osado arrestarme junto a dos de mis hombres. No debe volver a ocurrir, ¿entendido?

Old Zack esbozó una media sonrisa y lo invitó con un gesto a sentarse en el banco junto a su mecedora:

—Vamos, no exagere; apenas ha estado en la cárcel unas horas. Le he mandado llamar en cuanto he sabido de su... controversia con el teniente Riley.

Cheney se sentó y lo miró a los ojos, con semblante serio.

—¿Quiere saber lo que pienso, general Taylor?

—No, sus pensamientos no me interesan —lo interrumpió bruscamente el general—, lo que me preocupa es su comportamiento.

El sargento se quedó perplejo, indeciso entre enfurecerse y marcharse o proseguir.

—Se lo diré de todos modos: si el Ejército de la Unión es todo así, es decir, un tropel de irlandeses, polacos, italianos y Dios sabe qué otros muertos de hambre llegados del Viejo Mundo, quizá sería mejor que los tejanos nos defendiéramos solos, porque con esa chusma, ¡los mexicanos nos darán en la madre!

El general se puso rígido. Luego volvió a quedar impasible.

—También de eso quería hablarle. Su odio visceral hacia los mexicanos nos está creando problemas. He recibido un despacho del Estado Mayor que me exhorta de modo perentorio a restablecer el orden y a castigar severamente cualquier acto de violencia gratuita sobre los civiles.

Cheney resopló.

—Usted los llama civiles, pero son guerrilleros. Atacan a traición, nos disparan por la espalda... ¿qué deberíamos hacer? Sólo porque no llevan un uniforme, ¿esos bandidos deberían considerarse «civiles»?

El general lo miró de reojo.

—Por favor, no me tome el pelo. Violar chiquillas no forma parte de la legítima defensa frente a los ataques de fuerzas irregulares, por no hablar de ciertas bravuconadas de ustedes, como la del otro día, cuando uno de los suyos orinó en el cáliz durante una misa católica ¡y obligó al cura a bebérselo!

Cheney enarcó las pobladas cejas, asumiendo una expresión entre la diversión y el fingido pesar.

—Bueno, general, qué le puedo decir, a veces los chicos se dejan llevar... —Luego hinchó el pecho y se puso serio—: Pero no olvide jamás que entre los mártires de El Álamo y de Goliad estaban tantos de nuestros queridos amigos, hombres que han dado la vida por la libertad de estas tierras. Y los mexicanos los fusilaron como a perros sarnosos. ¡Esos matan a los prisioneros! Y nosotros, cada vez que los tenemos delante, recordamos las canalladas que han hecho.

Taylor asintió, conciliador.

—Los que fusilaron a aquellos hombres, a los que, que quede claro, yo considero héroes y mártires, fueron los militares mexicanos; vengarse con los civiles puede ser contraproducente. A fin de cuentas, serán englobados en nuestra gran nación y se convertirán en ciudadanos a todos los efectos.

Cheney hizo una mueca y escupió el grumo de tabaco que estaba masticando.

—General, ¿no se me estará convirtiendo también usted en un politiquero? ¿Los mexicanos, ciudadanos de la Unión? ¡Antes prefiero que Texas siga siendo independiente! Esos son escoria, una pandilla de vagos y por si fuera poco, idólatras y supersticiosos. En comparación, nuestros negros son grandes trabajadores y, en cualquier caso, son menos pendencieros y propensos a plantarte un tiro en la espalda. Mis hombres no están arriesgando la piel para ver después a los mexicanos como ciudadanos con igualdad de derechos... no, general, eso no lo aceptarán jamás.

Zachary Taylor exhaló una voluta de humo de la pipa y sacudió la cabeza.

—Sargento, no corra demasiado. Necesitaremos también braceros mexicanos para cultivar estas tierras vastas y fértiles; sus negros nunca serán suficientes. Además, muchas naciones están prohibiendo el comercio de esclavos. Es inevitable, los flujos desde África disminuirán hasta desaparecer, la historia va en esa dirección y no podemos hacer nada. Y de todos modos, no se preocupe: los mexicanos son menos numerosos que los colonos americanos. Pero nos resultarán útiles, créame.

—Me importa un carajo si son pocos o muchos. Tienen mucho espacio al sur del río Grande y pueden perfectamente trasladarse allí. Texas es nuestro, y punto.

El general asintió lentamente, con una media sonrisa enigmática. Al final murmuró:

—Le entiendo, sargento. Ahora está usted exasperado por la guerra, y no se puede pretender clarividencia de quien combate. Pero le aseguro que a los tejanos les convendrá, y *mucho*, formar parte de la Unión.

Cheney se levantó de golpe, irritado.

—Exasp... ¡ah, por el amor de Dios!, ¡a veces ni siquiera entiendo qué diablos dice! Yo sólo sé una cosa: esos canallas fusilaron a todos los prisioneros supervivientes en El Álamo y en Goliad. Y para mí, eso es más que suficiente para querer el ojo por ojo y diente por diente. Hasta los más miserables campesinos fingen acogernos como libertadores, ponen sonrisillas y hacen zalamerías ¡y luego nos disparan por la espalda o nos destripan a golpe de machete! Se lo digo alto y claro, general. Como en los tiempos de la guerra a los indios, también aquí vale el viejo dicho: el único mexicano bueno es el mexicano muerto. Mis *rangers*, se lo recuerdo de una vez por todas, son voluntarios, y tienen derecho al saqueo de los bienes del enemigo y a hacer lo que consideren útil para la buena marcha de la guerra. Si decidiéramos que bajo su mando se nos nieguen nuestros derechos, siempre podemos dejarle en la estacada ¡y regresar al otro lado del jodido río Nueces!

El general se enderezó en la mecedora y lo miró fijamente. Por primera vez desde el comienzo de la charla, en sus ojos había aparecido una sombra de amenaza. Continuó hablando en tono seco y marcial.

—Le aconsejo no ceder a impulsos de los que podría arrepentirse. Si las milicias voluntarias tomasen una decisión equivocada, daré orden de desarmarlas... y luego veremos cómo hacen el camino de regreso sin poder defenderse de aquellos a quienes tanto odian. Además, y abra bien los oídos, le invito a establecer relaciones de colaboración con nuestros soldados y oficiales de origen irlandés, porque sus intemperancias, por usar un eufemismo... —el sargento Cheney lo miraba de través, cada vez más crispado—, están creando problemas insostenibles con los soldados rasos, y no sólo con ellos. Recuerde que están combatiendo con el Ejército de los Estados Unidos de América, y aquí hay reglas y leyes que respetar.

Cheney se acercó al general, lo observaba caminando a su alrededor como si fuese la estatua de un museo.

—Escucha un momento, Zack —murmuró con voz ronca, mientras el general se ofuscaba por aquella imprevista confianza no concedida—, quisieron con ustedes a mis *rangers* para hacer el trabajo sucio, y poder decir mañana que por desgracia eran los chicos malos de Texas los que despejaban el campo de guerrilleros y traidores irlandeses, mientras ustedes llevaban la democracia y el progreso a un inmundo lugar lleno de holgazanes y degenerados. Acabada la guerra, la gente como yo recibirá un pedazo de tierra y las culpas de todas las bajezas, mientras que la gente como tú, Zack, se pavoneará en Washington, jactándose de haber doblado el territorio de la Unión... y a lo mejor hasta tendrá un puesto en el Congreso. Pero Washington ahora está a miles y miles de kilómetros, y aquí son necesarios malnacidos como nosotros. Porque la guerra es siempre así, Zack: los hipócritas hacen carrera y los combatientes de primera línea ponen el sudor y la sangre. De *rangers* tejanos voluntarios para afrontar las balas estamos sólo nosotros, mientras que de generales imbéciles y cobardes está llena West Point. ¿He sido claro, *Old* Zack?

Dicho esto, Cheney amagó un saludo vagamente militar y se marchó, hincando firmemente los tacones de las botas en la hierba.

El general Zachary Taylor observó la pluma del sombrero de Cheney que ondeaba al ritmo de sus pasos; luego volvió a encender la pipa, suspiró profundamente expulsando el humo por la nariz e hizo un gesto al ordenanza que había aparecido en la puerta:

—Convoca una reunión del Estado Mayor.

5

Lone Star

Texas obtuvo la independencia en 1836, tras haber derrotado a las tropas mexicanas y capturado al mismísimo comandante en jefe Antonio López de Santa Anna, en la que fue llamada por los tejanos «*San Jacinto Battle*», pero que en realidad no fue una batalla, sino una matanza de hombres medio dormidos. Apenas de regreso de El Álamo las tropas mexicanas habían sido empujadas por Santa Anna incesantemente hacia el norte, soñando con rodear al ejército de Sam Houston, que, de hecho, se replegaba y evitaba sabiamente acometer el enfrentamiento en inferioridad numérica. Por ello, Santa Anna, seguro de estar ante una campaña victoriosa y fulminante, había dividido estúpidamente a sus fuerzas. Y el 21 de abril de 1836, al llegar a un lugar tranquilo a lo largo del río San Jacinto, el general ordenó a las tropas exhaustas que se tomaran un día de descanso. Para colmo de ineptitud, ni siquiera se preocupó de organizar turnos de guardia. Los exploradores de Sam Houston informaron de algo increíble: un contingente de más de mil soldados mexicanos, en su mayoría de infantería, acompañados por un regimiento de caballería, roncaba a pierna suelta bajo los árboles de un pequeño bosque precedido de una magnífica pradera. Lo ideal para un ataque por sorpresa.

Houston no vaciló: dejó de replegarse y lanzó el ataque. Las primeras filas de tejanos abrieron fuego a las cuatro y media de la tarde. Las descargas de fusilería laceraron el silencio dulcificado por el plácido discurrir del río, y los atacantes se asombraron ante la total ausencia de respuesta. En poco tiempo, en el campamento mexicano se desencadenó el caos. En sólo dieciocho minutos, cayeron seiscientos treinta soldados y otros setecientos fueron capturados. Ninguno de ellos había sido capaz de empuñar un arma. El cansancio atrasado había impedido cualquier reacción, estaban demasiado agotados para tener el sueño ligero. Los tejanos descubrieron que uno de los oficiales capturados era nada menos que Antonio López de Santa Anna. Otro prisionero lo había llamado «señor presidente». En aquel momento, se restregaba los ojos ante una multitud de fusiles que le apuntaban, incrédulo.

En semejantes condiciones, el general presidente habría firmado cualquier cosa. Lo llamaron Tratado de Velasco por el nombre de la localidad donde a Santa Anna, herido de refilón y apoyado al tronco de un árbol, le fue entregada la pluma de oca por parte de David Burnet, emprendedor de Nueva Jersey. Burnet había corrido hacia Texas olfateando buenos negocios y, como hábil politiquero que era, se había hecho elegir presidente *ad interim* mientras Sam Houston estuviese ocupado con las operaciones de campo. Burnet desencadenó las iras de los milicianos tejanos, que habrían querido fusilar a Santa Anna inmediatamente después de la firma. Lo acusaban de la «masacre de Goliad», una batalla ganada por los mexicanos en la que habían capturado cuatrocientos prisioneros, incluido el coronel James Fannin que los comandaba. Fannin había hecho fortuna con la trata de esclavos del Congo, que llevaba a Texas vía Cuba, y con las copiosas ganancias obtenidas se había comprado un gran rancho en San Fernando, para luego dedicarse a instigar a los colonos y a reclutar voluntarios; al mismo tiempo, timaba a sus compatriotas con falsas compraventas, y acabaría en la cárcel en Nueva Orleans durante un «viaje de negocios», saliendo bajo fianza para volver a hacer la guerra a los *greasers*, los grasientos, como ya entonces llamaban con desprecio racista a los legítimos habitantes de aquellas tierras. Para las leyes mexicanas, Fannin era un criminal empedernido, y esa fue otra de las razones por las que Santa Anna ordenó fusilarlo; pero ya que estaba, mandó al paredón a los cuatrocientos prisioneros, a los que consideraba no soldados beligerantes, sino una horda de aventureros que atentaban contra la integridad de la nación. Y así, después del *Remember Alamo*, los tejanos tenían otro gran mito para gritar a los cuatro vientos: los mártires de Goliad.

No es necesario remarcar que los tejanos, por su parte, no hacían prisioneros a los soldados mexicanos cuando se rendían.

Pero en aquella ocasión David Burnet supo imponerse: no podían ratificar un tratado matando setecientos hombres desarmados, y el mismo presidente que acababa de firmarlo era lo suficientemente sagaz como para darse cuenta de que Santa Anna se habría convertido a partir de aquel momento en su mejor aliado para hacer tragar el sapo al Congreso de Ciudad de México. Que por otro lado se mostró maleable: la derrota en el campo y la captura de Santa Anna eran un hecho indiscutible, Texas podía considerarse perdido, pero *sólo* Texas, y no Tamaulipas también... Detalle de no poca importancia: las fronteras internas de la federación establecían desde siempre que Texas, o mejor dicho, Tejas, estaba separado de Tamaulipas por el curso del río Nueces. Y en un párrafo del Tratado de Velasco mantenido en secreto durante mucho tiempo, las fronteras del Texas independiente llegaban incluso hasta el río Bravo —o río Grande, como preferían llamarlo los nuevos conquistadores—. Descubierto esto, el Gobierno rechazó ratificar el tratado y continuó reivindicando el vasto territorio entre ambos ríos, que además de una amplia área septentrional de Tamaulipas comprendía una porción de Coahuila en la extremidad noroccidental.

Y así, Sam Houston se convirtió en presidente de la República de Texas.

Siguieron años no de paz y prosperidad, sino de escaramuzas continuas con los mexicanos, con los de uniforme enviados por el Parlamento que no aceptaba el tratado firmado por un prisionero, y también con no pocos civiles que resistían armados a las vejaciones de los colonizadores, convirtiéndose en guerrilleros. Fue entre otras cosas para proteger sus vidas por lo que el Gobierno mexicano intentó en diversas ocasiones liberar las zonas meridionales del nuevo Texas —es decir, el norte de Tamaulipas—, que mientras tanto sería reconocido tanto por los Estados Unidos como por diversas potencias europeas. Sam Houston sabía que el maltrecho ejército mexicano jamás habría podido reconquistar Texas, pero era muy consciente de que anexionarla a la Unión habría representado una ocasión de oro para el expansionismo estadounidense, además de asegurar la intervención del ejército para acabar con incursiones y guerrilleros y, ya de paso, con los apaches y otras etnias pendencieras. El obstáculo lo representaban los estados abolicionistas que se arriesgaban a quedar en minoría con la anexión del Texas esclavista. Luego fue elegido presidente James Knox Polk, conocido defensor de la anexión, y en 1845 la «estrella solitaria» de la bandera tejana se unió al firmamento de la *Stars and Stripes*, la vigésimo octava, cuadradas las cuentas con cuatro filas de siete estrellas. La estética de la célebre bandera ganó en armonía.

Así pues, todo estaba listo para buscar el *casus belli*. Texas –más el considerable pedazo de Tamaulipas entre los dos ríos– formaba parte de los Estados Unidos de América y por tanto era «normal» que el ejército regular crease bases y guarniciones hasta el río Grande.

Fue así como muchos soldados irlandeses encuadrados en el Ejército de los Estados Unidos fueron enviados a Texas con sus respectivos contingentes. Entre ellos se encontraba el teniente de artillería John Riley, al mando de la compañía k del 5.º Regimiento.

En cosa de pocos meses se verificó un fenómeno que comenzó a preocupar bastante a los comandantes del ejército: los irlandeses «confraternizaban» con los mexicanos, incluso demasiado. A los Estados mayores llegaban informes de soldados y suboficiales que iban a la misa de las iglesias católicas –aquellas que aún no habían sido quemadas por los *rangers*– o que se exponían por defender a los nativos en las disputas con los colonos, e incluso de relaciones amorosas entre militares irlandeses y las mujeres del lugar, invariablemente llamadas «señoritas», que en el lenguaje castrense equivalía a prostitutas mexicanas, poco importaba que fueran campesinas, maestras de escuela, modistas, artesanas o... militantes de la guerrilla.

El teniente Riley mantenía un bajo perfil, era prudente y bien querido por los compañeros, y además era apreciado por sus superiores por su capacidad de mediación y por el respeto del que gozaba como oficial. Sobre él no llovían las denuncias ni las sanciones. Pero Riley había conocido a una mujer, Consuelo. Ponía mucho cuidado en verse con ella a escondidas. En el fondo, no había una auténtica guerra en curso, y las tareas de las tropas de «apoyo» a los tejanos eran poco absorbentes, el tiempo libre entre el adiestramiento y los trabajos del campamento era frecuente...

No por ello cesaban los abusos en perjuicio de los soldados irlandeses, sino más bien al contrario. El aburrimiento en espera de que se desencadenase «algo» exacerbaba los ánimos, desembocando a menudo en pura crueldad de cuartel. Y muchos irlandeses respondían, sufriendo duros castigos: latigazos y celda de castigo a pan y agua. Eran castigados también los que iban a la misa de curas católicos. De hecho, el reglamento lo prohibía, pero sin especificar si se trataba de una forma de «colaboración con el enemigo», porque los mexicanos nacidos y crecidos en Texas y en Tamaulipas no podían en tales circunstancias ser considerados enemigos. No todavía, pero... las acciones de los guerrilleros no cesaban, en respuesta a las atrocidades de los milicianos tejanos –muchos venían de estados diferentes, para ellos era El Dorado, un lugar donde obtener ganancias sin demasiado esfuerzo y ya señoreaban como si Texas fuese su casa–. Cuantas más agresiones, violaciones y saqueos tenían lugar, más protestaban y rechazaban secundarlos los irlandeses.

Riley observaba y callaba. Más tarde, comenzó a responder a su manera. Porque Consuelo, además de ser dulce y atractiva, además de darle aliento y ternura en un ambiente cada vez más adverso, estaba en estrecho contacto con la guerrilla... Y del campamento de Riley desaparecían fusiles y municiones. No estaba solo en ello. Se había formado un grupo compenetrado de irlandeses dispuestos a combatir del lado de los mexicanos. Mientras tanto, pasaban a los guerrilleros todo lo que conseguían sustraer de los arsenales.

Consideraban al teniente John Riley su líder natural. Y él hacía grandes esfuerzos para apaciguarlos: «Todavía no es el momento. Tenemos que esperar».

Hasta que el momento llegó, y un nutrido pelotón de artilleros y soldados de infantería irlandeses desertó del campamento, vadeando el río Bravo.

La decisión había sido tomada porque los *rangers* habían capturado al hermano de Consuelo en un enfrentamiento armado en los montes al oeste de San Antonio, y antes o después habrían llegado también hasta Riley. Consuelo había partido de noche, a caballo, con algunos compañeros de confianza que la conducirían más allá del río Bravo a través de la zona desértica entre Piedras Negras y Ciudad Acuña.

Había quedado con John Riley en Monterrey, Nuevo León, un mes más tarde. Él había memorizado un nombre y una dirección, ella hablaría con un contacto del ejército mexicano para preparar su alistamiento. Estaba naciendo el Batallón de San Patricio.

Pero eso ocurriría más adelante. Ahora nuestra historia nos conduce a pocos meses de la declaración de guerra, en Texas, donde los irlandeses deberán sufrir ulteriores abusos y asistir a intolerables atrocidades antes de decidir que se había colmado el vaso.

6

ICONOCLASTAS

Faltaba poco para el ocaso cuando el escuadrón de *rangers* tejanos volvió de su misión gritando y pegando tiros al aire.

John Riley salió de la tienda. Estaba habituado a aquellos comportamientos exaltados; en las cantimploras, en lugar de agua, metían *whisky* de ínfima calidad o, en su ausencia, mezcal robado en las casas que habían saqueado. Cuando tomaban mezcal era mucho peor, porque a base de *whisky* malo antes o después caían rendidos de sueño, mientras que el mezcal les redoblaba las energías y los volvía incluso más agresivos; pero Riley intuyó que esta vez no era el alcohol lo que los hacía gritar de aquel modo. Llegaron al campamento al galope desenfrenado y tiraron las riendas de golpe, levantando una nube de polvo. Uno de ellos echó a tierra lo que parecía un grueso saco que llevaba atravesado en la silla. Pero era un hombre. Un joven menudo y esmirriado cubierto de sangre. Un mexicano.

Riley lo reconoció. Lo había visto en casa de Consuelo. Era su hermano...

Luego distinguió al capitán Cohen que se acercaba al grupo y se colocaba ante su jefe, un tejano con el rango de sargento de los *rangers* que llevaba puesto un sombrerucho de fieltro con una gruesa pluma de pavo. Riley lo conocía bien: Ken Cheney, siempre él, el fanático que cada tres frases repetía «*Remember Alamo*» y que afirmaba haberse alistado en la milicia para vengar a sus *brothers*, pero que portaba siempre consigo una tenaza para extraer los dientes de oro a los muertos, poco importaba si eran mexicanos o antiguos compañeros de armas pasados a mejor vida.

—¡Hemos sido atacados por los guerrilleros! —gritó Cheney al capitán Cohen, mientras hacía dar vueltas en redondo al caballo, que resoplaba y escarbaba el polvo con las pezuñas.

—Desmonte inmediatamente y presente el parte —ordenó el capitán.

Ken Cheney hizo una mueca de desprecio.

—¿Parte? No tengo tiempo que perder, Cohen, tenemos otras cosas en las cuales pensar ahora. Quítese de en medio.

Y bajó del caballo, haciendo una señal a los suyos para que prendiesen al prisionero.

Dos tejanos desmontaron a su vez y aferraron al joven mexicano por las axilas, arrastrándolo hacia la pequeña iglesia de la misión fundada por los jesuitas, reducida a ruinas tras haber sido saqueada y quemada en parte.

—¿Quién es el prisionero? —preguntó el capitán Cohen intentando imponer su autoridad.

Cheney se giró para mirarlo como si fuese un bicho raro.

—No se entrometa, capitán. Este hijo de puta ha matado a uno de mis hombres. Ahora lo interrogaremos para saber dónde se esconden esos gusanos compadres suyos. y lo haremos a nuestro modo, ¡a la manera de los *rangers* de Texas! —Y dio órdenes a los suyos—. Cuatro, conmigo: Billy, Jack, *Mad* Maddox y Josh. Los demás son libres de ir a echar unos tragos a la memoria del pobre Jason.

Los tejanos agitaron los sombreros en homenaje al muerto y se dirigieron inmediatamente a la puerta de la cantina con la firme intención de emborracharse *ad memoriam* del compañero caído en el cumplimiento del propio deber de matamexicanos.

–¡Sargento Cheney! –Cohen había hablado en tono imperioso, pero desgraciadamente con tanta vehemencia que la voz se le quebró–. Los prisioneros deben ser interrogados según el reglamento militar, le prohíbo...

No pudo proseguir, porque el sargento le dio un empujón:

–No me jodas, judío, o te pego un tiro entre ceja y ceja.

Y para hacerle ver que no bromeaba extrajo el Colt y levantó el percutor.

El capitán temblaba de ira, pero no reaccionó. Sabía que los tejanos eran más que capaces de matarlo, no temían ni siquiera al consejo de guerra. En la remota hipótesis de que alguno de ellos fuese llevado ante un tribunal militar, el chantaje sería siempre el mismo: nos vamos cuando queremos, no obedecemos a nadie.

El capitán continuó mirándoles hasta que desaparecieron más allá de la pequeña iglesia ennegrecida. Luego, su mirada se cruzó con la de Riley. E inmediatamente se giró, dirigiéndose a paso incierto hacia su tienda.

John Riley cerró los ojos, la mano derecha seguía apretando la culata del arma enfundada. Se esforzó en respirar profundamente. Esperaba que el corazón se calmase y las sienes dejasen de pulsar dolorosamente, esperaba que la razón prevaleciese sobre el instinto, impidiéndole cometer una imprudencia.

Media hora más tarde, los gritos que provenían de la iglesia se hicieron insoportables.

Riley deliberó rápidamente, tratando de mantenerse lúcido. Si aquel pobrecillo hablaba bajo tortura, Consuelo sería liquidada. Y los *rangers* sabían cómo arrancar confesiones a un prisionero. En cualquier caso, si lo habían capturado, significaba que se habían aproximado a los ambientes de la resistencia mexicana de aquella zona. La vida de Consuelo corría peligro de todos modos.

Fue a hablar con Patrick Dalton y le dijo que convocase a los hombres de confianza, los que ya formaban un grupo compenetrado, una docena en total: «Trataremos de usar las bayonetas. Lleven sólo las pistolas, nada de fusiles, tenemos que evitar llamar la atención». Dieron un rodeo, se dispersaron para acercarse a la pequeña iglesia por detrás, poniendo cuidado en no dejarse ver por los soldados de ronda.

Los gritos se habían reducido a débiles lamentos después de una serie de golpes que parecían martillazos.

Entraron en la sacristía, franquearon vigas carbonizadas y escombros, se diseminaron resguardándose tras los confesionarios volcados y los bancos semidestruidos, bayonetas empuñadas.

Lo que vieron les paralizó.

El joven mexicano había sido crucificado. Lo habían clavado espalda contra espalda al Nazareno de madera, que todavía se balanceaba chamuscado, como si de un cristo negro se tratase. El cristo mexicano, con la carne martirizada y los huesos rotos, tenía dos gruesos clavos oxidados que le sobresalían de las palmas de las manos. Ken Cheney se rio sarcástico.

–Y ahora veremos si a los tres días resucitas, montón de mierda.

Todos estallaron en carcajadas. Y engulleron más alcohol de botellas y cantimploras.

—Si te decides a hablar, recibirás un misericordioso tiro en la cabeza. Es mejor que descubrir cuánto tardó tu ídolo en morir, ¿no?

Más risas.

John Riley intercambió una mirada con Paddy, que a su vez hizo una señal a los demás. Cada uno de ellos eligió un objetivo. Luego Riley apuntó hacia delante con el índice de la mano izquierda, mientras en la derecha blandía la larga bayoneta reglamentaria. Todos pensaron la misma frase, como si la gritasen: *Faigh réidh leo ar fad*, matémoslos a todos.

Se deslizaron en silencio hacia los cuatro tejanos que en aquel momento les daban la espalda, dispuestos a ensañarse con el mexicano crucificado. Riley hundió la hoja bajo la nuca de Cheney, abatiéndolo como se hace con el toro en la arena. El sargento se arqueó, el cuerpo paralizado fue recorrido por un fugaz escalofrío antes de desplomarse hacia atrás dando un costalazo sordo. Al mismo tiempo, Paddy cortaba el cuello al segundo, que se disponía a clavarle también los pies al mexicano; mientras, los otros dos eran acuchillados furiosamente por el resto de los irlandeses, que trataban de taparles la boca mientras acababan con ellos. Uno de los cuatro, el que llamaban *Mad* Maddox, un coloso fornido que ya había recibido una descarga de mandobles en el vientre y en la espalda, consiguió sacar la pistola y disparar un tiro.

El eco de la explosión paralizó la escena, una nube de humo invadió el espacio entre el altar y la nave.

Riley se precipitó sobre el joven mexicano y sacudió la cabeza, mirando a los otros compañeros. La bala lo había alcanzado en el pecho. Estaba agonizando. Borbotones de sangre por la nariz y la boca. Riley le puso una mano en la frente, se inclinó a susurrarle algo al oído, acompañándolo en los últimos instantes. Y al final, le cerró los párpados.

El gigantesco tejano, mientras tanto, se había reducido a un mazacote de carne sanguinolenta por la enorme cantidad de cuchillas que lo había traspasado.

Todos cruzaron miradas inquietas. Alguien vendría a controlar; seguro que el disparo se había oído en el campamento.

Riley se quitó precipitadamente la cartuchera y la casaca, se bajó los tirantes y quedó en mangas de camisa, como si estuviese descansando en su alojamiento. Cogió de la funda el Colt Paterson de cinco disparos, abrió el tambor y lo extrajo del armazón, como si lo estuviese limpiando. Después, fue a abrir la puerta.

El cabo Goulding avanzaba hacia la iglesia apuntando su mosquete Springfield. Riley notó inmediatamente que no había armado el percutor, pero la cara del cabo, que mientras tanto había llegado ante él, no prometía nada bueno. Circunspecto y desconfiado, escudriñaba a Riley a la espera de una explicación. Él sonrió mostrándole el revólver.

—Aún no tengo práctica con este arnés. Se me escapó un tiro mientras lo desmontaba.

El cabo ladeó la cabeza, y acarició la culata del fusil con un gesto embarazoso.

—¿Alguien se ha hecho daño, mi teniente?

Riley sacudió la cabeza y se encogió de hombros.

—No, afortunadamente no. Estoy solo.

El cabo frunció el ceño.

—¿Solo? Disculpe, señor, pero... ¿dónde han ido los *rangers* que... bueno, me refiero a... los que estaban interrogando al prisionero...?

Riley se dio cuenta de que no tenía escapatoria. Jamás lo convencería para irse sin abrir un parte.

—Cabo Goulding, cuando llegué aquí ya había acabado todo. El prisionero... bueno, no ha resistido el interrogatorio. Lo han matado, para variar. Entre y vea con sus propios ojos cómo lo han dejado.

El cabo miró alrededor, como si buscase testigos o ayuda. No había nadie en un radio de cien metros, y ante un superior no tuvo el coraje de llamar a alguno de sus hombres. Riley hizo un último intento.

—Goulding, usted no me cree, se lo leo en la cara. Está bien, le diré la verdad: cuando entré aquí los *rangers* se acababan de marchar, convencidos de que el prisionero ya estaba muerto. Pero aún respiraba, lo habían clavado a una cruz y yo he hecho lo que en mi país se llama caridad cristiana. He aliviado su sufrimiento con un tiro al corazón. Ahora, ¿qué piensa hacer? Abrirme un parte a mí, a ellos, ¿o nos olvidamos de todo y regresamos a nuestros barracones?

El cabo apretó con fuerza los labios y siguió mirando fijamente a Riley, indeciso. Al final resopló y empuñando el mosquete con ambas manos, alzó el percutor con el pulgar derecho:

—De acuerdo, teniente Riley. Déjeme ver a ese pobre desgraciado.

Riley se apartó para hacerlo pasar, pero el cabo fue firme:

—Después de usted, teniente.

Lo precedió, caminando lentamente. El cabo daba pasos cautos, escrutando en la penumbra.

Los soldados irlandeses habían seguido la conversación con el alma en vilo y se habían apostado aguardando. Cuando el cabo traspasó el umbral, lo retuvieron entre cuatro. Riley se giró de golpe y con un gesto rápido empuñó el mosquete de Goulding a la altura del martillo. En ese instante la punta del percutor se le clavó en el hueco de la mano. Había impedido el disparo, pero la dolorosa punzada lo hizo maldecir entre dientes. Arrancó el arma al cabo, mientras los otros lo inmovilizaban y lo ataban tapándole la boca con una mano para que no gritase. Riley alzó el martillo liberando la carne entre el pulgar y el índice: sólo una magulladura, ninguna herida. Mejor así, pensó, porque esta noche necesitaré las dos manos para cabalgar. Recogió del suelo el Colt y el tambor, lo montó de nuevo y volvió a poner el revólver en la pistolera.

Se acercó a Goulding, atado de pies y manos con correas de cuero y amordazado.

–Lo siento, cabo, pero tenemos que dejarte aquí, en compañía de los muertos.

Goulding dirigió la mirada hacia los cadáveres de los tejanos; luego, divisó al joven mexicano clavado en la cruz. y resopló, maldiciendo el momento en que había oído aquel disparo.

–Antes o después alguien vendrá a liberarte. Danos sólo unas horas para marcharnos, y mañana... dile si quieres a los superiores que los irlandeses no han desertado, han ido a combatir de la parte justa.

El cabo entrecerró los ojos, asintiendo. Pensaba que eran un atajo de locos y que acabarían todos mal, pero él, de lejanos orígenes escoceses, siempre se había llevado bien con ellos, y le daba pena por el teniente Riley, al que consideraba una persona como se debe, además de un buen oficial.

–Te conozco lo suficiente para poder decir que eres un buen hombre, Goulding. Espero no tener que apuntarte algún día, allá abajo, desde la otra orilla del río Bravo.

Dicho esto, Riley y los suyos fueron a coger los caballos y todo cuanto era posible llevarse.

Tuvieron que aturdir al centinela que montaba guardia en el recinto. Cubrieron las herraduras de los caballos con paños para amortiguar el ruido.

Erin no relinchó. Advertía en el aire de la noche el olor amenazante de coyote, el oído fino le devolvía el sonido conocido de una víbora de cascabel, sin embargo, como si entendiera la crucial importancia del silencio en aquellas circunstancias, permaneció tranquila, poniendo a salvo al hombre que la trataba siempre con respeto y, a menudo, con ternura.

Se movieron en pequeños grupos. En total eran unos cincuenta hombres, en su mayoría irlandeses, pero al plan de fuga preparado en los últimos días se habían unido también algunos polacos, varios alemanes y tres italianos. Era la primera deserción significativa en las filas del ejército estadounidense, pero muchas otras seguirían en los días sucesivos. Y allí abajo, más allá del río Grande, río Bravo, otros irlandeses establecidos en México –junto a no pocos escoceses e incluso algunos ciudadanos estadounidenses residentes en México e inmigrantes de varios países europeos– se unirían a ellos, alistándose bajo la bandera tricolor con el águila, la serpiente y el nopal. Estaban decididos a defender la que para ellos era una nueva patria, amenazada por una auténtica guerra de invasión.

La mezcla de nacionalidades hizo que alguien comenzara a llamarlo la Legión Extranjera. Pero a ellos no les gustaba; evocaba un ejército de aventureros o, peor aún, de mercenarios. Además, los irlandeses tenían el nombre pensado desde el principio: Batallón de San Patricio. Los otros, los que hablaban una confusión de lenguas más tarde unificada por el español de los mexicanos, estuvieron de acuerdo. Con aquel nombre fueron encuadrados en el ejército mexicano, gozando de relativa autonomía porque no pertenecían a una división. Muchos de ellos eran artilleros, y ese fue el principal destino en la línea de fuego: servidores de cañones y comandantes de batería. Se dotaron de una bandera de batalla verde, bordados en oro el arpa celta, el trébol y la imagen de San Patricio. Y la inscripción «*Erin Go Bragh*», Irlanda por siempre.

Vadeamos el río Bravo una noche de abril sin luna, bajo un firmamento de estrellas en el que soñábamos con ver brillar también la nuestra. Éramos cuarenta y ocho hombres sin patria y sin uniforme. Esperábamos encontrar ambas cosas más allá de las líneas mexicanas. Llevamos con nosotros sólo lo estrictamente necesario, en mangas de camisa para evitar que nos confundiesen con una patrulla de reconocimiento. Somos personas acostumbradas a las burlas del destino, pero ser recibidos a balazos por aquellos a quienes queríamos unirnos, habría sido demasiado incluso para un irlandés.

En Matamoros había tres mil hombres al mando del general Ampudia, llegados para apoyar a la guarnición local. Nos acercamos a los centinelas hablando en español, una lengua que ya conocía bastante, gracias a Consuelo…

—Amigos, somos irlandeses…

Un joven oficial nos sorprendió: había oído hablar de nosotros:

—¡Irlandeses! Claro, los esperábamos. Adelante, camaradas.

Más tarde sabría que el grupo guerrillero de Consuelo había logrado advertir al Estado Mayor mexicano, y a Matamoros había llegado un despacho del comandante. Su acogida nos reconfortó: abrazos, bienvenidos hermanos irlandeses, cantimploras de mezcal, tortillas calientes. Luego, mirándolos de cerca, el corazón se nos encogió: harapientos y demacrados como un ejército de espectros, con uniformes improvisados, pocos tenían zapatos y menos aún botas, sino sandalias de cuero, guaraches de campesinos; y en cuanto a las armas, se veía inmediatamente que eran viejas y estaban en pésimas condiciones. Muchos hombres se sentaban alrededor de las hogueras afilando las bayonetas, con un gesto lento y rítmico, la piedra adelante y atrás sobre la hoja. Confiaban más en ellas que en los anticuados mosquetes. Tenían en sus espaldas y piernas centenares de millas a marchas forzadas, miradas cansadas, ojerosas, que se habían reavivado sólo para manifestar aquel poco de afecto que necesitábamos más que cualquier otra cosa en el mundo. Habíamos saltado a un abismo. Dar marcha atrás ya no era posible. Ante nosotros, cuarenta y ocho quijotes consagrados a la derrota, existía sólo el presente, ningún futuro. Combatir, mantener las posiciones, contraatacar, retirarse para volver a combatir… Rendirse, nunca. Éramos desertores, la rendición habría significado el fusilamiento in situ. *Y a fin de cuentas, un irlandés es demasiado terco e insensato para concebir la rendición.* Seasaigí go láidir, a chairde. *Ni un paso atrás, compañeros.*

Quien en cambio no nos acogió con los brazos abiertos fue el general Pedro Ampudia. Nos examinó con recelo y aclaró inmediatamente que armas, municiones y uniformes ya escaseaban: debíamos arreglárnoslas. «Pero muy pronto podrán conseguirlos de los caídos en batalla», dijo con un cinismo que me irritó y añadió: «Porque en los próximos días expulsaremos a los invasores de ese ridículo fortín que desgraciadamente la guarnición de Matamoros no destruyó de inmediato. Lo arrasaremos hasta los cimientos y volveremos a echar a esa gentuza más allá del río Nueces». Cínico y fanfarrón.

Entre los muchos defectos de un irlandés está la maldita convicción de saber juzgar un hombre a la primera impresión, por instinto, a primera vista. A menudo, haciendo esto, se equivoca.

Pero a veces no. Y la antipatía inmediata que Ampudia me suscitó sería confirmada, ¡pobres de nosotros!, poco después.

Nacido en Cuba, había venido a México siguiendo a la infantería española para luego pasarse a los independentistas y hacer carrera en el nuevo ejército mexicano. Había dirigido el ataque a El Álamo, en el año 36, y al día siguiente se había convertido en general de brigada promovido por Santa Anna en persona. Sus hombres lo despreciaban, y eso es peligroso, muy peligroso, ante la inminencia de una guerra. Con cuarenta y dos años, Ampudia gozaba de pésima fama entre las filas de primera línea: innecesariamente cruel con los vencidos, excesivamente ambicioso —hasta el punto de comprometer una acción con tal de sacar provecho personal— esencialmente un inepto en el campo. Con el tiempo, sabría además que diversos dirigentes de la resistencia de Texas y personajes influyentes de Matamoros habían enviado despachos urgentes a la capital solicitando su destitución. Acto seguido, el Estado Mayor mandó al general Mariano Arista, que gozaba de gran respeto entre oficiales y soldados y que tenía una reputación excelente en combate. Desgraciadamente, la orden era prestar «apoyo» a Ampudia, no sustituirlo al mando. Y Ampudia, con tal de impedir que algún mérito se lo llevase Arista, lo dejaba al margen y hacía lo contrario de lo que le aconsejaba.

Aquella noche no me mantuve prudentemente en silencio. Ante la fanfarronería del general, insistí en que el enemigo tenía una artillería letal y que las defensas de Fort Texas no se debían infravalorarse. Ampudia levantó una ceja: «Si quieren unirse a nosotros, bien, no puedo impedírselos porque he recibido órdenes en ese sentido del Estado Mayor; pero aquí necesitamos valientes, no indecisos y...». Quizá estaba a punto de añadir una palabra pero prefirió tragársela. ¿Cobardes? Junto a mí estaba Paddy, el ya inseparable Patrick DaltonX, y por la mirada que intercambiamos el general debió entender que era mejor que se mordiera la lengua.

No esperamos mucho. En los días sucesivos hubo un enfrentamiento en Palo Alto, al noreste de Matamoros. Un gran contingente de invasores estaba volviendo al fuerte con los aprovisionamientos saqueados en los pueblos vecinos, y Arista partió con la caballería para cerrarles el paso. Pero aquellos tenían piezas de artillería, que emplazaron en un abrir y cerrar de ojos y masacraron a los mexicanos. Mientras tanto, Ampudia había ordenado a nuestra artillería que tomase posiciones. Yo estaba allí, y habría podido llorar de rabia. Las salvas de nuestras baterías no alcanzaban al enemigo, que movía los cañones, los volvía a posicionar, cargaba a doble o triple velocidad que la de los obsoletos cañones mexicanos, y nos hacía picadillo. Aquel día nos procuramos los uniformes, buscándolos entre los menos ensangrentados. Los mosquetes, también, pero las balas servían de muy poco a aquella distancia. Observaba con una mezcla de impotencia desesperada y admiración las maniobras de las baterías estadounidenses. Conocía quién las comandaba: el mayor Samuel Ringgold, hábil y experto; aquel método lo había inventado él, y desde entonces empezaron a llamarla flying artillery, *artillería volante.*

Éramos cuarenta y ocho, y nos lanzamos sobre algunos cañones que habían quedado inertes dado que los servidores mexicanos estaban todos muertos o heridos. «Muchachos, manos a la obra». Coordinación, rapidez y una buena dosis de fatalismo cuando te llueven alrededor proyectiles explosivos de dieciséis libras. Recuerdo que los que regresaron allí con los caballos y los afustes fueron tres alemanes y un par de escoceses, más un polaco que vociferaba algo en su lengua y que quería decirnos que enganchásemos inmediatamente los cañones. Los chicos hicieron un medio milagro y nos dirigimos a una loma que reduciría a la mitad la desventaja del corto alcance. Había un boscaje, y allá abajo la artillería volante de Ringgold todavía no nos había avistado. Esperamos a que se posicionasen de nuevo. Y eso hicieron poco después. Le plantamos una salva en pleno centro. Los muchachos gritaron exultantes en cinco o seis lenguas diferentes.

Quién sabe si fuimos precisamente nosotros, pero creo que sí… el mayor Samuel Ringgold resultó gravemente herido, y mucho tiempo después supe que había muerto desangrado. Pero a esas alturas aquel modo de maniobrar las baterías haciéndolas «volar» se había consolidado, y en su lugar pusieron al capitán Braxton Bragg, un militar de carrera de Carolina del Norte, graduado en West Point. Bragg había aprendido muchas cosas de Ringgold, y nos lo demostraría más adelante, en la batalla de Angostura…

Por aquellos días, Taylor perdió otro de sus mejores hombres, el coronel Truman Cross, que formaba parte de su Estado Mayor. Habían acabado con él los civiles mexicanos de los ranchos de la zona, que se habían armado para hacer frente a los invasores. Cross probablemente había creído en la proclama apenas difundida por Taylor, que declaraba querer «liberar México de la tiranía», y se había hecho ilusiones con que los habitantes los acogieran a él y a los suyos como libertadores. En cambio, le dieron la bienvenida a escopetazos. De allí en adelante, campesinos y vaqueros armados serían llamados bandits, *ni siquiera guerrilleros, como les llamaban antes.*

En Palo Alto no ganó nadie. Nosotros no fuimos capaces de atravesar sus líneas y sufrimos grandes pérdidas, mientras que Taylor no pudo avanzar ni un metro y quedó clavado allí con todas sus tropas. En la práctica, lo teníamos bajo asedio. Lástima que si intentábamos atacar, la artillería nos masacraba sin que la nuestra pudiese alcanzarlos. El número de heridos y mutilados por las granadas era tal que el pequeño hospital de Matamoros parecía un horrendo matadero. El 9 de mayo comenzamos de nuevo a menos de un kilómetro de Palo Alto.

Esta vez fueron ellos los que lanzaron el ataque. Y tomaron por sorpresa a las tropas comandadas por Arista. Pero la culpa fue de Ampudia, que prefirió que masacraran a los soldados mexicanos con tal de arruinar la reputación del rival. Ampudia no movió a los suyos y dejó a la avanzada de Arista en una llanura con vastas depresiones y agua estancada, conocida como la Resaca Guerrero. Los norteamericanos tenían la moral alta, confiaban en las dotes estrategas de su comandante en jefe y acababan de descubrir que tenían una aplastante superioridad armamentística y, quizá, también numérica. De esta parte del frente, en cambio... los hombres estaban desmoralizados bien por las diferencias entre los dos generales —se esperaban que los dejaran plantados en el campo de batalla de un momento a otro—, bien por haber constatado que contra la artillería enemiga poco había que hacer, más que huir o morir. Las pérdidas mexicanas ascendían entre muertos y heridos a más de setecientos hombres, mientras que los estadounidenses caídos eran menos de un centenar.

Iniciamos la retirada antes de que se convirtiera en una derrota. Nos confiaron a nosotros la artillería mexicana que había que llevar hacia el sur. Nos esperaban quinientos kilómetros de territorio semidesértico, entre arbustos que rasgaban los pantalones y arañaban las piernas, agua escasa y poca comida, con los caballos que se desplomaban uno tras otro, exhaustos. Teníamos bueyes para jalar los carros, pero debíamos sacrificarlos para poder comer, y en cosa de algunas semanas acabaron todos en las ollas donde cocíamos aquella carne dura y maloliente, porque la mayor parte de las bestias reventaba de agotamiento, reducida a piel y huesos, y en las fibras conservaba los humores acres de una existencia de penurias.

La meta era Linares, en Nuevo León, donde nos habríamos debido unir a tres brigadas provenientes de Jalisco.

Mientras tanto, la Marina de guerra de los Estados Unidos bloqueaba los principales puertos de México, impidiendo la llegada de armas y municiones que algún mercante estaba dispuesto a suministrar. Pensándolo bien, a las potencias europeas les interesaba que México resistiera y no acabara totalmente bajo el yugo de Washington. Pero las cañoneras de la Marina americana hundían cualquier embarcación que intentara entrar en una bahía. En Veracruz, ocurrió un hecho que explica mejor que ningún otro lo inteligente y previsora que era la política de Polk… El general Santa Anna se encontraba en Cuba, en el exilio tras el desastre que siguió a El Álamo, y el presidente Polk inició negociaciones con él para hacerlo regresar a México y asumir el mando, con el acuerdo secreto de favorecer sin reservas a los Estados Unidos. Santa Anna envió a Washington un emisario, el coronel español con ciudadanía estadounidense, Alejandro Atocha, que condujo las negociaciones: Santa Anna pretendía, además de una ayuda concreta para volver al poder, treinta millones de dólares; a cambio, entregaría California y Nuevo México a la Unión norteamericana, más —obviamente— los territorios más allá del río Bravo. Polk ordenó al comodoro David Conner, al mando de la escuadra naval que asediaba Veracruz, que recogiera a Santa Anna en el puerto de La Habana y lo desembarcara indemne en Veracruz. En la ciudad portuaria se arriesgó al linchamiento —evidentemente había gente que no olvidaba con facilidad— pero encontró militares dispuestos a apoyar su enésima desventura. También él lanzó una proclama, diciendo lo mismo que el general Taylor acerca de los «tiranos» y aseverando que bajo su Gobierno los mexicanos habrían sido libres de elegir a quien quisieran… Sí, porque en aquellos meses convulsos, otro general, el general Paredes, había depuesto al presidente y asumido el poder, delirando con imponer en México la monarquía, nada más y nada menos. Un tirano de opereta, que pronto echarían a patadas. Lástima que en su lugar llegara el sempiterno Santa Anna.

Polk, en la Casa Blanca, reía socarronamente y se frotaba las manos. Cuando Santa Anna llegó a Ciudad de México y el Congreso le confió el mando de las operaciones de guerra, supo que independientemente de cómo se hubiese comportado Santa Anna, la invasión habría sido una larga marcha triunfal; con el único problema de tener que recorrer tantos kilómetros en la silla de montar que le saldrían callos en las nalgas a sus valientes oficiales. Cierto, Polk no imaginaba que miles de mexicanos armados habrían hecho menos ostentosa y poco honorable la que él había imaginado como un desfile solemne, y que también nosotros, los del San Patricio, haríamos llorar a muchas madres y viudas de los estados del norte… en cualquier caso, nosotros, combatientes en el campo, de allí en adelante tendríamos dos adversarios: el poderoso ejército de Zachary Taylor y el ambiguo, inepto y arrogante general Santa Anna. En la práctica, el «enemigo» marchaba en cabeza.

Todo está documentado en los archivos de la nación, yo mismo pude visionarlos en Ciudad de México, cuando todavía era un oficial del ejército, que aun derrotado se encargaba de «mantener el orden»…

Así pues, llegamos a Linares, andrajosos, agotados, hambrientos.

Muchos hombres habían muerto a lo largo de aquella extenuante marcha, y aunque sólo fuera eso, en Linares nos esperaban tropas de refuerzo menos maltrechas. Ciertamente no se podía decir que estuvieran frescas, porque también ellos habían tenido que afrontar las inmensas distancias del México septentrional; y al final, nos encontramos entre soldados desmoralizados y generales ocupados en traicionarse mutuamente con tal de lucirse ante el Generalísimo, incapaces de cerrar el paso a los invasores.

Sin embargo, a pesar de todo, nosotros, los irlandeses, no vacilamos nunca. Ningún titubeo. Seguíamos firmemente convencidos de haber hecho la elección justa. Lo que nos daba aliento era el afecto de la gente, la conmovedora cercanía de los civiles que nos agradecían nuestra decisión de defenderlos. Admirábamos su dignidad, que nos servía de ejemplo, y en cuanto a los soldados, nos demostraban un respeto con frecuencia mudo, hecho de pequeños gestos y miradas. Creo que se preguntaban por qué habíamos ido a morir con ellos, cuando habríamos podido quedarnos con los vencedores, o simplemente, desertar para disfrutar de la vida en algún lugar de aquel generoso país. La inexorable derrota los impregnaba tanto como a nosotros, pero… Seasaigí go láidir, a chairde. *Ni un paso atrás, compañeros.*

En Linares, otros desertores se unieron a nosotros, y a cada nueva llegada sentíamos su mismo estupor: ¿por qué afrontar tantas privaciones para alistarse en el San Patricio, cuando aquellos hombres habrían podido ir a otro lugar y reconstruirse una existencia digna? Se unían también irlandeses residentes en México desde hacía años, algunos con mujer e hijos, y yo intentaba disuadir al menos a los que dejaban una familia para ir al encuentro de lo que ninguno confesaba abiertamente, pero que todos pensábamos. Aún más me sorprendieron algunos inmigrantes estadounidenses que en México habían encontrado un trabajo rentable y que gozaban de privilegios asegurados. Uno me dijo: «Mi mujer y mis hijos son mexicanos, no podría mirarles nunca más a la cara si permaneciera indiferente ante esta injusticia que grita venganza». no digo que en el pasado algunos de ellos no fueran aventureros en busca de fortuna fácil, pero se habían convertido en personas apreciadas, ganaban más que suficiente, nadie les obligaba a arriesgar la piel... aun así, sentían el deber de defender todo lo que habían conquistado día a día, la tierra, la casa, el honor de pertenecer a una nueva patria. La verdadera sorpresa, de todos modos, fueron los negros africanos, algunos nacidos en las plantaciones de los estados del Sur y otros capturados y conducidos primero a Cuba y luego a América. Eran todos esclavos vendidos a nuevos amos tejanos, huidos y llegados, quien sabe cómo hasta allí. Contaban historias de muchos hermanos ahogados en el río Bravo o muertos por la espalda a balazos por los rangers *y por los cazadores de esclavos. Pocos —los más afortunados, o más fuertes—, habían logrado atravesar las líneas y alcanzado las retaguardias mexicanas. Más tarde sabría que entre ellos se transmitía una leyenda que hablaba de africanos supervivientes al naufragio de barcos negreros refugiados en las costas del Pacífico mexicano, donde habían formado comunidades conviviendo en paz con indios y mestizos. No sé cuánto había de verdad, sólo sé con certeza que en el sur de Acapulco hay negros que viven allí desde hace muchas generaciones, y también aquí, en Veracruz, no falta gente de piel más oscura. Quién sabe... de hecho, aquellos hombres, esclavos hasta ayer, y ahora libres de elegir dónde vivir, habían decidido unirse a nosotros porque alguien les había dicho que se había formado una legión de extranjeros que alistaba voluntarios. Aquellos negros africanos demostraban que no todos los esclavos eran dóciles y sumisos. Tenían un sólo defecto: odiaban visceralmente a los tejanos, y querían vengarse por las humillaciones padecidas y los latigazos recibidos. En cuanto soldado, sabía que el odio ciega, y en batalla conduce a acciones suicidas. Pero, a fin de cuentas, también nosotros estábamos llenos de odio; se trataba de someterlo a disciplina para evitar la autodestrucción al primer enfrentamiento en campo abierto.*

En agosto, habíamos pasado de los iniciales cuarenta y ocho hombres a casi doscientos cincuenta, y a mí me dieron el grado de capitán. Pero ser legionarios no nos gustaba, y ya no nos sentíamos extranjeros. Éramos «Los del San Patricio». Y el ejército mexicano nos reconoció como batallón de artilleros y soldados de infantería de primera línea. Faltaba solamente una bandera. Discutimos largamente sobre ello, y los que no eran irlandeses de entre nosotros, también estuvieron de acuerdo: verde como Irlanda, con los símbolos de nuestra historia. Y luego, un día...

En una soleada mañana del verano tórrido de Nuevo León, la vi de nuevo.

Nos encontrábamos a unos doce kilómetros de Linares, en la hacienda de Guadalupe, una gran propiedad del siglo XVI donde nos habíamos acuartelado y adiestrábamos a los nuevos reclutas de nuestro batallón, a la espera de la orden de ponernos en marcha para ir a defender la ciudad de Monterrey. Sentí tal derretimiento que por poco las rodillas no cedieron. Eché la culpa al calor, pero sea como sea, tuve fuerzas para apretarla contra mí y tenerla entre los brazos durante una eternidad, con los ojos cerrados, soñando que no existía la guerra y que ella y yo podíamos marcharnos a caballo a buscar la tierra que cultivaría, imaginando la casa que construiría, donde traer al mundo a nuestros hijos y confiar en aquel futuro que no está hecho para los irlandeses...

Dios mío, qué bonita era Consuelo.

Se separó de mí justo lo necesario para mirarme a los ojos, y luego nos besamos, ajenos al ir y venir de soldados que nos observaban divertidos.

Cuando le pregunté cómo había hecho para encontrarme allí, en la hacienda de Guadalupe, ella puso la sonrisa y expresión pícara que me habían enamorado desde el primer día. Y respondió: «Soy tu maestra de español».

Consuelo me contó que tras haber huido con lo que quedaba de su grupo de guerrilleros, había llegado hasta Monterrey, donde había dado un detallado informe al comando militar local acerca de la entidad y del armamento del contingente invasor. Y se había asegurado de que enviaran un parte con la máxima urgencia a la guarnición de Matamoros avisando de nuestra llegada. Había sido fácil localizarme, según ella el nombre de «capitán Riley» gozaba ya de una considerable fama entre las gentes y los militares de la zona.

Le conté lo de su hermano, y de cómo intenté salvarlo, pero no dije nada acerca de los tormentos que sufrió, ni de la cruz... cuando supo que había muerto entre mis brazos, pareció sentir un fugaz alivio y murmuró: «Gracias por haberlo acompañado en el último suspiro».

Consuelo no bromeaba cuando decía que había venido para enseñarnos español: «No querrás que el San Patricio siga siendo una torre de Babel, tus hombres deben saber expresarse en español para poder formar parte del ejército mexicano... ¿o no?». En efecto, aparte de los inmigrantes europeos que vivían allí desde hacía tiempo, todos los demás tenían problemas cuando llegaban las órdenes de los mandos o tenían que gestionar las miles de tareas cotidianas. Y así, cada mañana, Consuelo reunía bajo los soportales de la hacienda de Guadalupe al centenar de hombres que aún no hablaban español y se lo enseñaba con un ímpetu y una simpatía que, bueno, lo confieso, de vez en cuando me sentía celoso por cómo la miraban, con aquellos ojos soñadores de soldados que volvían a ser niños.

Las noches, en cambio, eran sólo nuestras.

7

Río Grande, río Bravo

En Washington, los políticos más sagaces consideraban Texas un lío al que habrían renunciado con gusto, pero sabían también que podía constituir un pretexto perfecto para la expansión hacia el sur de la que ya todos eran partidarios. O casi todos: John Quincy Adams, sexto presidente de los Estados Unidos, desde 1825 a 1829, era firmemente contrario a ella. Principalmente, porque veía Texas como una amenaza en cuanto ferviente defensor de la abolición de la esclavitud. Pero recordando sus elecciones políticas en el pasado reciente, pese a que se preocupaba vivamente por el destino de los negros africanos encadenados —baste recordar el célebre caso de la goleta negrera *Amistad*, y la arenga que dio en febrero de 1841 consiguiendo la liberación de los esclavos a bordo—, no se podía decir lo mismo respecto al sometimiento de los mexicanos que vivían en los vastos territorios del Norte. Durante su mandato, Quincy Adams había seguido la Doctrina Monroe —el dominio de todo el continente eliminando de raíz cualquier aspiración de las potencias europeas—, había reforzado la presencia militar en varios países, y además había ordenado las deportaciones en masa hacia el Oeste de los nativos americanos... ¿Quién sabe qué era lo que lo hacía ser tan sensible a los sufrimientos de los negros, mientras había sido totalmente insensible al genocidio de los indios? Además de esto, Quincy Adams era un estadista perspicaz. La importancia y notoriedad que Texas estaba adquiriendo lo convertían en el contrapeso de la balanza respecto a la cuestión abolicionista, y aunque sobre la esclavitud se podía siempre esperar que los «tiempos modernos» siguieran su curso, Adams intuía ya entonces que el incurable contraste entre el Norte emprendedor industrializado y el retrógrado Sur latifundista habría podido desembocar en una ruptura profunda. Cierto, era pronto aún para presagiar el futuro estallido de la guerra civil, pero no había muchas razones para ser optimista. Y una guerra de expansión hacia el sur habría fortalecido al Sur.

Contra la invasión de México se manifestó también John Caldwell Calhoun, quien había sido su vicepresidente. El diputado, de treinta y siete años, Abraham Lincoln hizo un brillante discurso en el Congreso denunciando el «ansia de gloria militar» de quienes querían la guerra, apoyado por el etnólogo, lingüista y cofundador de la Universidad de Nueva York, Albert Gallatin, que en la carrera política había desempeñado el cargo de secretario del Tesoro. Algunas voces contrarias se elevaron entre senadores y diputados, pero fueron aisladas y casi ignoradas por la prensa, mientras el único en mantener hasta sus últimas consecuencias la propia oposición a la guerra fue el filósofo, escritor y poeta Henry David Thoreau, que a pesar de sus métodos de protesta civil no violenta, se hizo arrestar.

Usar Texas como *casus belli* ofrecía la posibilidad de anexionar el estado que más que ningún otro deseaba el Gobierno estadounidense: Alta California. Polk temía las miras de Gran Bretaña sobre la costa occidental, pero sobre todo tenía bien clara la importancia estratégica de los puertos del Pacífico fundados por los españoles para el comercio con Asia. Decidió guardar las apariencias haciendo una oferta que México no habría aceptado jamás: veinticinco millones de dólares por California, renunciando a la larga península desértica de Baja California con la que podían quedarse si querían. La cifra era apenas el doble de lo que los Estados Unidos habían pagado a Francia por Luisiana cuarenta años antes. Pero California era inmensa y fértil, estratégicamente preciosa por sus costas. Y ya en esas, Polk –como si estuviese en una mesa de póker– añadió cinco millones para apoderarse también de Nuevo México. La capital, Santa Fe, era un enlace crucial para el comercio de la zona. Prácticamente, se trataba de trazar una raya con la escuadra quitando a México más de la mitad de su territorio nacional, englobando también Nevada, Utah, Arizona, Colorado e incluso buena parte de los actuales Oregón, Oklahoma y Kansas. Que se trataba de una propuesta inaceptable, era evidente.

De hecho, ya en junio de 1845, antes de poner en marcha la farsa de las negociaciones, Polk había encargado al ministro de Guerra William Marcy que orquestara una provocación, ordenando al general Zachary Taylor que tomara posición al sur del río Nueces, y en julio una fuerza militar de más de cuatro mil hombres acampaba en el pueblo mexicano de Corpus Christi.

A pesar de ello, el enfrentamiento esperado no se verificaba. Así pues, en enero de 1846, la orden de Washington a Taylor fue alcanzar las riberas del río Grande, río Bravo. El paso sucesivo en la larga serie de provocaciones fue ni más ni menos que construir un fuerte en el margen izquierdo, Fort Texas, que más tarde sería llamado Fort Brown, sobre el cual surgiría la actual Brownsville. Taylor emplazó la artillería apuntando hacia el otro margen del río, sobre Matamoros, ciudad fundada en 1686 y, en aquel momento, pequeña población del estado de Tamaulipas. La calculada agresión daría finalmente los tan esperados resultados.

La exigua guarnición militar de Matamoros recibió la orden de averiguar las intenciones de los norteamericanos. Las comunicaciones con Ciudad de México eran de todo menos claras y rápidas, y desde Matamoros, en la otra orilla del río, después de frenéticos trabajos de fortificación, se distinguían cañones de mediano y gran calibre. El 25 de abril de 1846, un escuadrón de caballería mexicana vadeaba el río y se aproximaba a los invasores. El oficial al mando no tenía ninguna intención de atacar, habría sido un suicidio ordenar la carga sin el apoyo de la artillería y la infantería, exponiéndose al fuego directo de tropas atrincheradas. Era una misión de reconocimiento y debía solamente referir qué demonios estaba ocurriendo más allá del río Bravo.

El general Taylor, como viejo zorro que era e instruido por Washington, decidió «sacrificar» un cierto número de hombres para lograr el objetivo. Sin supuestos mártires y mentiras no hay manera de desencadenar una guerra que sea oportunamente invocada con gritos de venganza de la plebe y de los politiqueros.

La elección recayó en el capitán Seth Bornton. A la cabeza de una patrulla de sesenta y tres fusileros a caballo, recibió la orden de hacer frente a los soldados de caballería mexicanos. «Cúbrase de honor», dijo *Old* Zack al perplejo capitán, «y no permita a los agresores acercarse a nuestras posiciones».

Los fusileros estadounidenses abrieron fuego sobre los «agresores» abatiendo algunos, y la reacción de los soldados de caballería fue simplemente la que cabía esperarse:

desenvainaron los sables y se lanzaron sobre el enemigo. Fue poco más que una escaramuza, pero resultó suficiente. Los mexicanos se retiraron dejando sobre el campo once cuerpos estadounidenses, más cinco heridos. Difícil encontrar un libro de historia que dé cuenta del número de soldados de caballería traspasados por las balas de los hombres comandados por Bornton. Muchos, en cambio, registraron los once trinchados a sablazos.

El presidente Polk ya había redactado la declaración de guerra varios días antes. Ahora, con un suspiro de alivio, convocó una reunión plenaria del Congreso y el Senado para denunciar con vibrante indignación «el derramamiento de sangre americana en suelo americano». En realidad, se trataba de Tamaulipas, ni siquiera Texas, pero la geografía creativa de Polk era funcional a su retórica patriotera. Once soldados con la cara ensangrentada, de bruces en el polvo (más cinco claudicantes), determinaron el éxito de su carrera política. Y, de los Estados Unidos como nación, que se preparaba para llegar a ser grande de verdad, un tercio más de lo que era en aquel momento.

El debate parlamentario duró casi dos horas. Fueron muy pocos los que suscitaron dudas ante la avalancha de intervenciones movidas por la emotividad que Polk esperaba: los mexicanos habían atacado en primer lugar, matando a valerosos soldados que defendían los confines de la nación (siempre Tamaulipas, nombre desconocido para todos ellos), dado que Texas era a todos los efectos suelo patrio. Ante el estado de guerra y con los *good boys* entregados en el campo de batalla, diputados y senadores se unían en el momento supremo, y quien osaba oponerse era acusado de alta traición, o como mínimo de ser un cobarde. Sólo el irreductible Abraham Lincoln osó pedir al presidente que aclarara la exacta localización del enfrentamiento armado. Fue ignorado entre esporádicos insultos y murmullos de escarnio. Polk escondió hábilmente su satisfacción imponiéndose una máscara de austera seriedad, acorde con el momento fatídico, y leyó con voz firme la declaración de guerra.

El texto era un sorprendente ejemplo de falsificación de la realidad, al que la política exterior de los Estados Unidos habituaría al mundo en los decenios y siglos posteriores. Además de ratificar el concepto cambiando ligeramente los términos —«Ha sido invadido nuestro territorio y derramada la sangre de nuestros conciudadanos sobre nuestro suelo»—, con frases de pesar iniciales que eran una obra maestra de hipocresía —«El fuerte deseo de establecer la paz con México en condiciones justas y honorables»—, se acusaba a los mexicanos de «persecución» a los colonos, incluida la persecución religiosa, cuando eran en realidad los colonos tejanos los que mataban curas católicos y monjas dondequiera que los encontrasen. Polk sostenía que había enviado a las tropas precisamente para salvaguardar la integridad de los ciudadanos de la Unión, sobre todo considerando el hecho de que «pagaban los impuestos» y estaban incluidos en el sistema tributario nacional, que incluso preveía el envío de oficiales de recaudación. En definitiva, si los tejanos pagaban los impuestos al Gobierno federal, tenían todo el derecho a ser defendidos por el ejército sostenido también con sus dólares... y a pesar de los colosales esfuerzos hechos para alcanzar un acuerdo, declamaba Polk con la voz rota por la aflicción, ¡los mexicanos amenazaban nada menos que con invadir los Estados Unidos de América! Es decir, la franja de territorio de Tamaulipas entre los dos ríos. Los soldados enviados allí garantizaban de este modo «el respeto a la propiedad privada y los derechos individuales de los ciudadanos».

Otro punto fuerte de su declaración de guerra era la ausencia de democracia real en México. Polk subrayó que en el Gobierno había demasiados exmilitares; invadir aquel país significaba de hecho donarle por fin la verdadera democracia, cosa que aquellos pobres ignorantes mexicanos aún no sabían cómo poner en práctica. Crítica singular a la luz de los eventos futuros. No pocos generales se convertirían en presidentes de los Estados Unidos, comenzando por Zachary Taylor, seguido en pocos años por Franklin Pierce, general durante la *Mexican War*, que le había dejado como recuerdo la cicatriz de la herida recibida en la batalla de Padierna.

Y añadía Polk: «Han obstaculizado el comercio imponiendo extorsiones intolerables, y cada solicitud de indemnización ha caído en saco roto... y a pesar de eso, hemos hecho todos los esfuerzos posibles para la reconciliación». Sí, porque el Gobierno estadounidense pretendía de México una ingente suma como resarcimiento por los daños que sufrieron los tejanos a causa de las «incursiones» y por los fallidos ingresos provenientes de las relaciones comerciales, pero estaba dispuesto a ser tan magnánimo como para condonar la deuda a cambio de la compra de estados enteros que, puestos juntos, eran tan grandes como Europa.

Todo inútil. Con voz grave, Polk se encaminaba a la conclusión: «Pero ahora que tropas mexicanas han traspasado la frontera y han invadido nuestro territorio, la paciencia se ha agotado».

Explicó después las medidas estratégicas que había tomado desde el agosto precedente «como medidas de precaución contra la invasión», autorizando al general Taylor a aceptar la generosa contribución de los voluntarios de los estados de Kentucky, Alabama, Tennessee, Misisipi, Carolina del Sur, Luisiana... y Texas, *of course.*

Quién sabe cuántos oyeron los profundos suspiros emitidos al unísono por John Quincy Adams y Abraham Lincoln, que intercambiaron una mirada tan preocupada como desconsolada. El elenco de estados establecía una especie de coalición armada del Sur, y una vez puesta en marcha y afianzada en los campos de batalla, ¿qué consecuencias tendría en el ya precario equilibrio de la Unión? Polk acogió los fragorosos aplausos con austera sobriedad. Al fin y al cabo, la suya no era una declaración de guerra, sino la constatación de que los Estados Unidos de América habían sido invadidos por los mexicanos y por ello debían hacer frente a la traicionera agresión. En la práctica, aquel pedazo de pradera delante de un fortín en el río Bravo fue una Pearl Harbor en preestreno.

Así pues, la palabra daba paso a las armas.

Y éstas confirmaban desde el principio una disparidad que no dejaba escapatoria a los mexicanos. El ejército estadounidense tenía en dotación el mosquete de avancarga Springfield Armory 1835-1840, posteriormente mejorado con la versión 1842 a percusión, con un alcance de más de cien metros. El ejército mexicano utilizaba aún los fusiles Brown Bess comprados a los ingleses, que en la batalla de Waterloo habían provocado una carnicería entre las tropas napoleónicas. Pero desde entonces habían pasado cuarenta años. El alcance del Brown era corto, en la práctica, letal hasta unos cincuenta metros; a cien metros de distancia, la bala llegaba en caída como una pedrada, y como mucho provocaba un chichón en la cabeza. Ni siquiera agujereaba una casaca. Esto significaba que las tropas estadounidenses abrían fuego a cien metros, diezmando a los mexicanos, que debían avanzar otros cincuenta metros para poder disparar. En cuanto a los voluntarios del Sur, y en particular los tejanos, preferían las fiables y precisas *long carabines*, los largos fusiles de caza Kentucky que podían traspasar un cráneo a doscientos metros. Cierto, eran lentos de recargar a causa de sus dimensiones, pero incluso como mazas en el cuerpo a cuerpo resultaban más mortíferos que los viejos y medio oxidados Brown Bess. La diferencia era todavía más neta en la artillería. Pocos y obsoletos los cañones mexicanos, pesados de transportar y en su mayoría de pequeño y mediano calibre; numerosas y modernas las piezas del ejército estadounidense, que requerían menos esfuerzos y menos tiempo para ser emplazadas.

A pesar de todo ello, desde la primera batalla las formaciones llegadas del Norte se dieron cuenta de que los mexicanos eran huesos duros de roer. Iban al asalto sin preocuparse por las pérdidas, y con sables y bayonetas se hacían respetar. Pero lo que sorprendió desagradablemente a las tropas del general Taylor fue sobre todo el mortífero empleo de la artillería. Muy pronto, descubrieron que «los del San Patricio» eran los más temibles adversarios que podían encontrarse de frente.

Y comenzaron a odiarles con furor.

8

Monterrey

«Mandemos a los carniceros tejanos en cabeza», dijo la mañana del 20 de septiembre de 1846 el general Zachary Taylor a los tres comandantes de las divisiones que se acababan de unir a su cuerpo de ejército. Butler, Twiggs y Worth estuvieron de acuerdo.

—Bien, señores, ese fanático de Jack Hays no ve la hora de derramar sangre, ansioso de vengar El Álamo.

El capitán del I Batallón de *Rangers* de Texas, Jack Hays, era un tristemente célebre cazador de comanches, que alardeaba de haber ganado la «batalla de Plum Creek» —ni más ni menos que la enésima masacre de indios con todas sus familias—. Hays envió un escuadrón de exploradores al este de la ciudad de Monterrey para poner a prueba las defensas mexicanas.

Los *rangers* pasaron al galope ante la infantería allí apostada, desencadenando inútiles descargas de fusilería. Los tejanos le cogieron gusto. Los anticuados fusiles de los mexicanos tenían un alcance ridículo, y de todas maneras, era bastante difícil alcanzar con aquella chatarra a un jinete lanzado al galope tendido, incluso aunque hubiera pasado a poca distancia. Hays decidió enviar a todo el batallón para provocar una reacción consistente. Ya que estaban, durante la marcha de aproximación los *rangers* practicaron un poco de tiro al blanco con los Colt Walker 44 contra los campesinos mexicanos, siempre bramando «*Remember Alamo*». Ninguno de aquellos desgraciados entendió a qué se referían un instante antes de ser asesinados. Algunos *rangers* hicieron una pausa dentro de las chozas en los alrededores de la ciudad para solazarse con las mujeres mexicanas que, a decir de todos ellos, en realidad sólo esperaban abrirse de piernas para un semental tejano. El hecho de que opusiesen resistencia los excitaba aún más. En cualquier caso, acabada la violación las estrangulaban o, en el mejor de los casos, aliviaban el trance cortándoles el cuello. O si no —gesto de extrema piedad— les descerrajaban un balazo en la cara.

Esto retardó considerablemente la misión del capitán Hays, que al final dio orden de atacar el flanco este de las defensas mexicanas, registrando una reacción a su parecer bastante «débil».

Habituado a enfrentarse cuando mucho a guerrilleros comanches que entablaban combate en campo abierto, el capitán Hays no se dio cuenta de lo bien dotada que estaba la defensa de la ciudadela, una fortificación provista de artillería. Y aquellos cañones eran los cañones del Batallón de San Patricio.

Recibido el parte entusiasta de Hays, que deliraba con un ataque inmediato por el este, dado que estaba defendido por «un hatajo de mexicanos que no atinarían ni siquiera a una vaca atada a una estaca», Zachary Taylor ordenó a sus tropas traspasar las líneas defensivas del flanco este de la ciudad de Monterrey.

Antes aun de que pudieran acercarse a la formación de la infantería mexicana, los atacantes fueron diezmados por el letal fuego de artillería que desde lo alto de la ciudadela barría el campo. Tiro rápido y preciso, cañones maniobrados con extrema pericia, granadas que golpeaban a las formaciones en avanzada abriendo huecos, y sucesivas ráfagas de metralla que los dispersaban, en un caos de cuerpos lacerados y heridos ululantes. Alentados por la carnicería que estaban sufriendo los invasores, los soldados de infantería mexicanos se lanzaron fuera de las líneas defensivas y, cansados de disparar con fusiles de corto alcance, contraatacaron a la bayoneta. Al anochecer, el general Taylor recibió el nefasto parte que registraba más de cuatrocientas bajas, sin haber conseguido ningún progreso en la conquista de la ciudadela. Sin embargo, al mismo tiempo, la división de William Worth había logrado penetrar en el interior de la ciudad desde otros puntos, sufriendo pérdidas menos ingentes.

Al día siguiente, las tropas invasoras controlaban algunas fortificaciones importantes, tomadas en duros combates, incluido el palacio del Arzobispado. Allí se concentró la contraofensiva de la caballería mexicana. Los lanceros de Jalisco, al mando del coronel Nepomuceno Nájera, intentaron retomar el control de la carretera de Saltillo, la única vía desde la cual Monterrey podía recibir refuerzos. Para entonces, las tropas regulares estadounidenses habían consolidado las posiciones y masacraron a los lanceros, gracias a los modernos fusiles de que disponían y a la extrema movilidad de la artillería que habían logrado emplazar. El coronel Nájera cayó durante una carga, pero el ataque fue retomado rápidamente por los lanceros de Guanajuato, a las órdenes del teniente coronel Mariano Moret, los cuales, aunque mermados, arrollaron impetuosamente la primera línea de fuego y provocaron el desconcierto entre los artilleros. El propio Moret, rota la lanza que había plantado en el cuerpo de un soldado enemigo, se puso a dar mandobles con el sable. Desde lo alto de la ciudadela, el capitán Riley seguía con el catalejo aquel acto de heroísmo que rozaba el suicidio, e inmediatamente ordenó a los sirvientes de los seis cañones de mayor calibre disparar una descarga en las cercanías de aquel caos. Con la explosión de las granadas a pocos metros, artilleros e infantes de la primera línea estadounidense sufrieron un momento de confusión general, que permitió a Moret espolear el caballo y retroceder. Cuando alcanzó las líneas mexicanas, entre él y el caballo habían recibido quince heridas de bala y de bayoneta.

El 22 y el 23 de septiembre los combates prosiguieron en el interior de la ciudad, casa por casa. A menudo, los soldados echaban abajo los muros divisorios de los edificios para disparar a corta distancia a los enemigos desde ambos lados. Mientras, la artillería estadounidense se desquitaba incluso con la catedral barroca, demoliendo parcialmente la cúpula. Y los *rangers* tejanos, que se cuidaban bien de enfrentarse a las tropas mexicanas y estaban resguardados de los tiros del Batallón de San Patricio, desahogaban su odio racista masacrando civiles. Degollaban mujeres y niños en las casas, violaban a las muchachas para luego matarlas, localizaban las iglesias abarrotadas de gente que confiaba en un refugio inviolable y les prendían fuego tras haber bloqueado las salidas.

Ante aquella carnicería de civiles inermes, el general Pedro Ampudia no aguantó la presión de los partes que llegaban desde distintos puntos de la ciudad, cada vez más atroces. Tratando de preservar a la población de Monterrey, decidió pactar la retirada.

Y se arriesgó a un amotinamiento. Todos los hombres del San Patricio, al principio, rechazaron creer en la orden recibida de una estafeta. John Riley convocó a oficiales y suboficiales, y en una agitada asamblea decidieron seguir combatiendo. «¡No es posible rendirse ahora que los estamos diezmando!». En efecto, en los tres días de combates, las fuerzas estadounidenses habían sufrido pérdidas equivalentes al diez por ciento de sus efectivos; la división de Twiggs estaba dispersa, las municiones comenzaban a escasear y resultaba cada vez más difícil garantizar los suministros en la maraña de calles estrechas y callejones donde los mexicanos llevaban las de ganar; mientras Taylor se estaba dando cuenta de que para conquistar Monterrey habría tenido que sacrificar tantos hombres como para comprometer seriamente el futuro de la invasión. Además, los soldados mexicanos estaban ganando terreno, obligando incluso a los *rangers* tejanos a retirarse, disminuyendo así las matanzas de civiles. Pero el general Ampudia fue firme: la catedral estaba abarrotada de gente, rehenes que sólo la retirada habría salvado de una muerte segura. Lo que lo empujó a tomar aquella decisión fue sobre todo el temor a la reacción de Santa Anna. Ampudia había desobedecido sus órdenes, que le imponían no combatir dentro de la ciudad sino esperar al grueso del ejército guiado por él para entablar batalla en campo abierto. Si a eso se hubiera añadido la noticia de que la población de Monterrey había sido exterminada, Santa Anna habría podido mandarlo fusilar. A un paso de la victoria, cedía a aquel chantaje y se preocupaba de salvarse al menos la piel, si no la carrera.

John Riley se mordía el labio inferior, observando los movimientos de los soldados enemigos entre los escombros de las casas. Estaba considerando la posibilidad de una salida a escena de los San Patricio para conquistar terreno y hacer menos fáciles los planes de rendición de Ampudia. En un determinado momento se le acercó Ciro, uno de los tres italianos del batallón, que se sacudió el polvo de encima maldiciendo.

Entre 1839 y 1840 Ciro había combatido con un paisano suyo, un tal Garibaldi, por la libre República de Río Grande do Sul contra las tropas imperiales brasileñas. Ciro era uno de los setenta y tres supervivientes de aquella empresa tan heroica como descabellada y, entre ríos y lagunas, por los campos y los montes, había aprendido a disparar como pocos. Riley lo consideraba el mejor tirador del San Patricio. En aquel momento, Ciro se había apoderado de una carabina Kentucky larga de precisión, arrebatada a un tejano al que había atravesado con la bayoneta, y se había apresurado a tomar también el morral con las municiones.

—Capitán, déjeme intentarlo. *Chill'fetiente* nos está arrastrando a la ruina.

Ciro alzó la carabina como para mostrar su particular método para solucionar el problema.

—¿A quién te refieres? —preguntó Riley fingiendo no entender.

—¡Vamos, capitán! Ese saco de excrementos no es sólo un *intrigante arrivista del cazzo*, ¡ese además es un *imbecille*! Si obedecemos sus órdenes, la batalla está perdida, lo sabe mejor que yo —remachó Ciro con su español repleto de exabruptos en italiano.

Riley se acercó y lo miró fijamente a los ojos.

—¿Me estás diciendo que quieres dispararle al general Ampudia?

Ciro hizo una mueca y miró alrededor.

—Eh, capitán, aquí los escombros tienen oídos, qué diablos, nunca dé nombres.

Riley resopló impaciente.

—Escúchame bien: eres el mejor tirador del San Patricio, y sé que serías capaz de hacerlo. ¿Y después? Abatido el comandante en jefe, nos arriesgaríamos a una desbandada de las tropas apenas se propagase la noticia y, en cualquier caso, te digo que no. No, porque hemos jurado fidelidad a México. Y ese saco de excrementos, como tú lo llamas, es un general de nuestro ejército. Una vez quitado de en medio habría otro, probablemente inepto y arribista como él. Tu «atajo» no es la solución.

Ciro se encogió de hombros y se fue mascullando algo. Riley lo vio apostarse sobre un cúmulo de escombros y apuntar meticulosamente. Hacia el enemigo, afortunadamente. Disparó, atinó en la cabeza de un soldado estadounidense apostado a casi ciento cincuenta metros, recargó sin prisa el Kentucky, volvió a apuntar... y continuó hasta que agotó balas y pólvora.

El general Taylor quedó estupefacto ante la oferta que le entregó un dragón mexicano llegado al galope en medio del fuego cruzado, agitando la bandera blanca. Aceptó casi sin creer en semejante oportunidad, e intuyendo tener como adversario a un comandante inepto –a pesar de que él mismo acababa de demostrar no saber qué diablos hacer en una batalla para tomar una ciudad– subió la apuesta, pidiendo la rendición inmediata de la ciudadela, donde había descubierto al mejor contingente militar de los adversarios. Era su condición para un armisticio que permitiese la evacuación de los civiles. Ampudia intentó convencer a los sanpatricios, pero dijeron que nones; aun estando dispuestos a obedecer las órdenes del comandante de las tropas mexicanas en plaza –pero mostrando su total desacuerdo al respecto–, se retirarían como vencedores, nada de entregarse al enemigo.

En el momento de arriar la bandera de seda verde con el arpa celta y el lema *Erin Go Bragh*, Riley hizo sonar la gaita acompañada de redobles de tambor, y al final de la breve ceremonia ocho salvas de cañón saludaron el estandarte invicto que sería luego izado en un asta y confiado a un abanderado a caballo. Se pusieron en marcha en formación desfile, y dejaron Monterrey junto a las tropas mexicanas como un ejército vencedor, no derrotado, insignias al viento y cabeza alta. Y con las piezas de artillería arrastradas y los fusiles a la espalda, cargados y listos para abrir fuego.

Un detalle no insignificante era que entre aquellas filas había un centenar de nuevos desertores, que en lugar de dispersarse por los campos y las montañas habían pedido el alistamiento en el San Patricio. Otros irlandeses, y algún alemán, polaco, escocés, francés, todos soldados del ejército invasor asqueados por las matanzas de civiles, cansados de los abusos sufridos cotidianamente, y decididos a seguir combatiendo, pero de la otra parte. Había también hombres de piel negra, esclavos que los tejanos llevaron consigo para usarlos como siervos en los campamentos, y John Riley se preguntaba si eran conscientes de representar una de las causas más determinantes, y al mismo tiempo éticas, en el desencadenamiento de la guerra: el derecho a ser libres establecido por la Constitución mexicana, contra el derecho a mantenerlos como esclavos pretendido e impuesto por los colonos.

Detrás, al lado e incluso en medio de los hombres armados, miles de habitantes de Monterrey dejaban la ciudad en un éxodo mudo y triste, llevando consigo los pocos haberes salvados de la furia de las milicias, temerosos de las represalias de los voluntarios de Texas y de toda la chusma de feroces mercenarios que les acompañaba, sin creer ni lo más mínimo en la proclama del general Taylor que garantizaba la seguridad de la población.

La catedral fue saqueada e incendiada. Luego, la horda de milicianos se desquitó con las viviendas abandonadas. Muchos de ellos regresarían ricos a casa: en las iglesias abundaba la plata y se encontraba incluso oro, y en las casas había siempre algo de cierto valor para saquear.

Conquistada Monterrey, el capitán Aaron Cohen solicitó un encuentro con el general Taylor.

—Señor, ¿ha autorizado quizá los saqueos que las milicias están llevando a cabo?

Taylor suspiró, con una expresión de paciencia infinita, como si estuviese soportando los caprichos de un hijo impertinente.

—Obviamente, no, capitán Cohen. Pero los excesos de los *rangers* o de otros voluntarios no me parecen una cuestión urgente en el plano militar.

—¿Excesos? Mi general, ¡esos criminales violan incluso a las niñas! Por no hablar de que van cargando con un botín tan grande que, a este paso, los desplazamientos acabarán siendo un problema. Y esa sí es una cuestión de «urgencia militar».

El general resopló, con un gesto impaciente de la mano.

—¡Ustedes los de West Point creen que las guerras son disputas caballerescas entre paladines! Capitán Cohen, escúcheme bien: los voluntarios de Texas y de tantos otros estados de la Unión constituyen una fuerza a la que nuestro cuerpo de ejército evidentemente no puede renunciar. Y si para tenerlos con nosotros debemos cerrar los ojos ante ciertos comportamientos poco acordes con la disciplina castrense, pues bien, por mi parte estoy dispuesto a cerrar ambos. Le dejo regresar a sus empeños de oficial.

Cohen, enfurecido, se cuadró de golpe, saludó y giró sobre sus talones.

Taylor lo vio alejarse sacudiendo la cabeza. Pero antes de que desapareciese de su vista, lo llamó:

—¡Capitán Cohen!

Él se paró y se dio la vuelta.

—Se ve que no ha participado en ninguna guerra contra los indios. Ahora sería menos escrupuloso. Yo, por ejemplo, he combatido a los seminolas. Y he aprendido que si salvas a un chiquillo, unos años más tarde estará listo para plantarte una flecha en la espalda.

¿Qué nos había empujado a aquella elección sin esperanza?

Después de Monterrey, era aún más difícil entender por qué nos encontrábamos allí, rumiando una derrota que habría podido ser una victoria. Nos sentíamos defraudados, burlados; en Monterrey habría podido comenzar la contraofensiva, si no hubiéramos cedido a un abominable chantaje y obedecido a las órdenes de un general cobarde.

¿Era quizá la índole de perdedores de todos nosotros, los irlandeses? Si hay una causa perdida, allí estamos, nos lanzamos de cabeza. Nacemos en una tierra de vencidos, mamamos rabia y rencor en la leche materna, crecemos en el odio hacia los invasores que nos fuerzan a una vida miserable, mientras ellos se enriquecen con el sudor de nuestra frente, abusos y humillaciones son el pan nuestro de cada día... Y mientras tanto rezamos a un Dios que parece estar de parte de nuestros enemigos, soñando con que un día dirigirá su mirada misericordiosa hacia isla Esmeralda.

Sabíamos desde el principio que nos habíamos unido a los destinados a una derrota inexorable. Los mexicanos no podían ganar. Si en cada batalla acometida hubiéramos derrotado a las tropas de Taylor y luego a las de Scott que estaba llegando con un segundo cuerpo de ejército, desde Washington habrían enviado nuevos contingentes, cada vez más numerosos, y nuevas cañoneras para reforzar el bloqueo naval. Y cuantos más matábamos, más aumentaban el odio y las ganas de venganza inflados por sus periódicos, por sus diputados, por predicadores y granujas de cualquier calaña. Y más mercenarios aún habrían corrido a alistarse en las milicias de voluntarios, atraídos por el botín de los saqueos que perpetraban por todas partes…

Quizá fue el común sentir de los hijos de un Dios distraído, o peor aún, indiferente. Pero seguramente no era suficiente compartir una religión, porque no es verdad que pasamos al otro lado sólo para rezar a quien y como nos pareciese a nosotros, y poder hacerlo libremente junto a ellos, los mexicanos. No se renuncia así a un futuro cercano como veteranos, que nos habría brindado la ciudadanía de la nación más potente del mundo. Nadie lo haría para obtener el reconocimiento del país más maltratado, humillado y pisoteado de las Américas. Sabíamos bien que aquella era una batalla perdida.

¿Y aun así? ¿Debería apelar innecesariamente al sentido del honor, a la decencia humana, al orgullo que te hace llevar a cabo las peores elecciones, las que conducen a la ruina? no, fue por sensibilidad. Fue por culpa de cómo habíamos crecido, con papas podridas y humillaciones, fue por culpa de aquella tierra verde e ingrata donde te alimentas de rebelión, y apenas te sostienes en pie ya te agachas a recoger una piedra para arrojársela a Goliat, donde las piernas te sirven para huir, para escapar de quien te dispara, y al final para escapar de todo, eternos exiliados dondequiera que llegamos. Desembarcamos de los barcos, de los veleros para ganado humano, llenos de esperanza en el Nuevo Mundo, convencidos de que trabajando duro como estábamos habituados a hacer nos ganaríamos un pedacito de espacio digno. No un pedazo de paraíso, o de tierra prometida, solamente un pequeño rincón de quietud, un techo bajo el cual sentirse satisfechos y contentos tras una jornada de trabajo, donde amar a una mujer y criar unos hijos, sin miedo a ver cómo te echan la puerta abajo al alba y tener que escoger entre mantener la cabeza alta

y recibir un culatazo en la boca, o bajarla y no ser capaz de volver a mirar a tus hijos a los ojos. Poder caminar por las calles sin la tensión que produce el esperar que una patrulla te pare, te provoque y te encierre en una celda con el más fútil de los pretextos. Tantos sueños en la bodega de aquel navío, para más tarde descubrir que también allí, en el Nuevo Mundo, para nosotros los micks, como nos llamaban con desprecio —y cuando lo decían parecía que escupieran—, para nosotros, cabezas rojas y cabezas calientes no había lugar: son demasiados; sólo traen enfermedades; nos roban el trabajo y la tierra, y las casas de los barrios donde se amontonan como ratas; tienen demasiados hijos, y encima son… papistas. A mí, que no sabía ni siquiera cómo diabhal *se llamaba el papa.*

A fin de cuentas, era verdad que portábamos enfermedades. Todas las desdichas de la miseria, sarna, tuberculosis, tifus, marasmo; la desnutrición nos convertía en apestados y ellos nos consideraban pestilentes. Los irlandeses portan enfermedades. Dios maldiga cien veces a los irlandeses.

Y en el Ejército, peor aún. Castigos y celdas de castigo, latigazos, humillaciones. Pobre de ti si hablabas en gaélico; pobre de ti si te negabas a escuchar los sermones de los pastores puritanos; pobre de ti si hacías la señal de la cruz ante una iglesia mexicana mientras le prendían fuego… Y la imposibilidad de gozar de los mismos derechos que los anglos, que con nosotros se comportaban a la manera de sus semejantes, los soldados de ocupación ingleses en Irlanda. Cierto, me encontraba entre los pocos afortunados. Pero los galones de teniente los había obtenido tragando mierda en silencio, y en cualquier caso, fue antes de que se desencadenase la furia contra los mexicanos. Y más tarde, es verdad que muchos irlandeses habían mirado para otro lado, para no ver las violaciones, los campesinos utilizados para practicar el tiro al blanco, sus pobres casas incendiadas… Querían todo Texas para ellos, y con los mexicanos que vivían allí desde varias generaciones habían hecho como con los indios: o se marchan, o los matamos. Pero marcharse, ¿adónde? Para los indios no había escapatoria, ninguna tierra donde refugiarse. Los mexicanos, ciertamente, podían ponerse en marcha para un éxodo de semanas y meses, muriendo por las penurias en el camino, como los habitantes de Monterrey, porque la frontera más allá de la cual habrían estado a salvo se desplazaba cada vez más al sur, más al sur…

Muchos irlandeses se habían esforzado para no ver, y yo también lo he hecho, cómo no, y me avergüenzo. Muchos, sí, pero no todos. Y así habíamos comenzado a hablar entre nosotros. Y había madurado la decisión, la elección sin retorno. Desertores, renegados, traidores. Traidores ¿a qué nación y a qué bandera? a nosotros no nos habían dado ninguna posibilidad de sentirnos parte de una nación y de reconocernos en su bandera.

Los mexicanos… desde los primeros tiempos en Texas, cuando mi uniforme no les impedía leerme el corazón… y más tarde, una vez adoptado como hijo y hermano en las armas, los mexicanos, y más aún las mujeres mexicanas, me han tratado como si pusieran en práctica una vieja bendición irlandesa que mi madre daba a los viandantes acogidos en nuestra pobre casa: «Que la tierra se vaya haciendo camino ante tus pasos, que el viento sople siempre a tu espalda, que el sol brille calentándote el rostro, que la lluvia caiga suavemente sobre tus campos, y hasta que volvamos a encontrarnos, que Dios te lleve en la palma de su mano».

En estas tierras y entre estas gentes, había encontrado mi patria. Allá arriba no valía la pena vivir. Aquí abajo, incluso morir valía la pena.

9

Angostura

Habían partido veinte mil desde San Luis Potosí, el 27 de enero de 1847. Para ser más exactos eran veintiún mil quinientos, entre soldados de infantería, caballería ligera, artilleros, gastadores, con toda la comitiva de médicos, camilleros y encargados de las unidades administrativas. Los cinco mil provenientes de Ciudad de México habían empleado meses en llegar a aquella localidad en el desierto, pero siempre recorriendo carreteras y pasando por pueblos donde abastecerse de víveres. Ahora, después de unirse al contingente de Ampudia que venía de Linares, y a los contingentes de Guadalajara y Guanajuato, tenían que marchar por un terreno árido y sin ríos. Ni siquiera un torrente para abrevar a los caballos, mientras las reservas de agua se acababan incluso para los hombres. El clima era insoportable, con oscilaciones térmicas nefastas: de noche la temperatura descendía bajo cero, y algunos soldados murieron por el frío. Luego, en pleno día, el sol deshidrataba a hombres, caballos y mulos.

Marchaban hacia Saltillo, capital de Coahuila, donde las tropas invasoras se habían apostado tras la batalla de Monterrey. De este modo, Zachary Taylor había desobedecido al presidente Polk, que le había ordenado no moverse de Monterrey esperando el desembarco en Veracruz del III Cuerpo del Ejército al mando del general Winfield Scott –cosa que sucedería ya a principios de marzo– llevando a cabo la mayor operación anfibia que la historia bélica recordase hasta aquel momento. Taylor, que tenía ambiciones políticas –coronadas en 1848 con la victoria de las elecciones presidenciales– consideraba la intervención de Scott una maniobra de Polk para hacerle sombra y privarlo de los honores de único vencedor de la guerra, y por ello convocó a su lado también al contingente del general John Wool, que se dirigía a Chihuahua. Los soldados de Wool entraron en Saltillo desconocedores de protagonizar un acontecimiento memorable en la historia de la fotografía: un anónimo poseedor del pesado aparato de madera ideado por el francés Louis Daguerre en 1838 sacó las primeras imágenes –daguerrotipos, por el nombre del inventor– de militares en operaciones de campo. Pero pocos se percataron, y muchos continuaron creyendo que las primeras habían sido las de la guerra de Crimea de 1853.

Mientras tanto, se abría un segundo frente. Nuevas tropas invasoras desembarcaban en el puerto de Tampico, en Tamaulipas, conquistándolo sin sufrir pérdidas. y sin embargo, todos sabían que Tampico disponía de unas baterías costeras letales y de una guarnición conspicua, a la cual se habían unido dos mil civiles armados dispuestos a defender la ciudad casa por casa. Pero Santa Anna fue inflexible: ordenó al comandante de la fortaleza, el general Anastasio Parodi, que la abandonase llevando consigo todo el armamento posible y le dio orden de confluir en San Luis Potosí, para apoyar a su armada. Poco importa que los partidarios de Santa Anna lo justificasen diciendo que Tampico no tenía ningún peso en la marcha de la guerra y que Tamaulipas se habría perdido de todos modos; aquellos hombres hubiesen sido necesarios en el campo para impedir el avance de Taylor. Entre los soldados serpenteaba cada vez más la palabra traición, porque a sus ojos, el Generalísimo se estaba comportando no sólo como un pésimo estratega sino incluso como un traidor.

El general Antonio López de Santa Anna viajaba en un carro, pero de vez en cuando montaba a caballo para hacerse ver a la cabeza de la columna infinita que se perdía en la polvareda que dejaba a su espalda. Había querido al Batallón de San Patricio a su lado y la bandera verde ondeaba junto a la mexicana y a las insignias de los diferentes cuerpos.

Era imposible recordar el nombre entero: Antonio de Padua María Severino López de Santa Anna y Pérez de Lebrón. Viéndolo cabalgar, nos olvidábamos de la mutilación: había perdido la pierna izquierda en la guerra, y este detalle lo convertía en «héroe de la patria». Había ocurrido en Veracruz, en 1838, durante el intento de invasión de los franceses, que habían bombardeado el puerto; un cañonazo se la había arrancado de cuajo, y él, salvado por los cirujanos que habían logrado cauterizar el muñón por debajo de la rodilla, había sido hábil explotando la propia desgracia. En Ciudad de México habían organizado el «funeral» por la pierna amputada, para enterrarla más tarde con todos los honores, lápida incluida. El pueblo lo aclamó como salvador de la nación y hombre de excepcional temple. La derrota en Texas fue olvidada gracias a aquella pierna. Luego Santa Anna se había mandado hacer una prótesis de madera y corcho, con la que conseguía caminar bastante bien y cabalgar durante algunas horas.

—Capitán Riley, sé que se esperaba un castigo ejemplar, ¿no es así?

El irlandés fingió no entender.

—¿Castigo, mi general?, ¿para quién?

Santa Anna sonrió, miró a su alrededor para asegurarse de que no hubiese oídos de oficiales demasiado cerca.

—Sabe bien a quién me refiero: a ese inepto de Pedro Ampudia. Me han informado detalladamente de su comportamiento. Si hubiese evitado el enfrentamiento en Monterrey, ahora podríamos emprender la batalla con una considerable ventaja. Y por culpa de su ambición ha hecho morir a miles de ciudadanos indefensos.

Riley asintió. Había aprendido a medir las palabras, porque sabía que el silencio no dejaba rastro, y más aún con un personaje ambiguo como Santa Anna, que, en cuanto a ambigüedad personal, superaba incluso a «ese inepto» de Ampudia.

—Pero usted es un hombre de armas, puede entenderme. Si hubiera degradado a Ampudia, ahora me encontraría teniendo que ajustar cuentas con el rencor de sus acólitos... y así, por amor a la patria, por el bien de México y por la buena marcha de la guerra, lo he dejado en su puesto de mando.

—Quizá ha tomado la decisión justa, pero si me permite un consejo...

—Le estoy hablando de ello precisamente porque espero un parecer suyo, capitán Riley.

—Bueno, de ahora en adelante, trataría de evitar que pueda tomar decisiones operativas en el campo de batalla.

Santa Anna hizo un amplio gesto de asentimiento, muy teatral.

—Pero tenemos problemas mucho más graves en este momento —añadió John Riley.

El general lo escrutó, esperando que acabara.

—Las provisiones se están acabando y los hombres están exhaustos. Cada día tenemos que dejar atrás algún centenar de ellos, gravemente enfermos e incapaces de mantenerse en pie.

—Sí, los médicos del cuerpo sanitario me presentan informes cada noche. Pero no seamos pesimistas; usted quizá no conoce lo suficiente el temple de mis indios. Están habituados a penurias mucho peores. Y la mayor parte de estos hombres son indígenas, tienen piernas fuertes y siglos de esfuerzos a sus espaldas.

Riley no dijo nada más. Pensó que después de haber combatido a las órdenes de un inepto, ahora tenía que obedecer a un imbécil. Pensó que México y los mexicanos merecían ser comandados y gobernados por hombres mejores, a la altura de su dignidad y de su orgullo. Y maldijo el destino que en un momento crucial de la historia había colocado una vez más a Antonio López de Santa Anna a la cabeza de un ejército sin los medios ni las armas adecuados. Solamente el orgullo, a estas alturas, los empujaba a continuar en las áridas llanuras y los gélidos altiplanos de Coahuila.

Después de doscientos cincuenta kilómetros a marchas forzadas, el 21 de febrero, ni siquiera un mes más tarde, el ejército en el desierto se había reducido a poco más de quince mil hombres. Más de cinco mil habían perecido por las penurias, la sed, el hambre, la disentería y las infecciones que desde los pies habían gangrenado sus piernas. Y no era suficiente. Santa Anna había recibido de los informadores la noticia de que el ejército invasor se había movido desde Saltillo para acampar en una localidad llamada Agua Nueva, por lo que ordenó marchar otros setenta kilómetros en sólo veinticuatro horas, fantaseando con tomar al enemigo por sorpresa.

Pero Taylor tenía los mejores exploradores —los *rangers* tejanos del mayor Ben McCulloch— y, una vez intuidas las intenciones de Santa Anna, estaba tomando posición en una zona mejor para defenderse de los asaltos de la caballería: una localidad llamada Angostura por la vecina garganta del paso de montaña, a dos kilómetros de la Hacienda San Juan de la Buena Vista.

Al alba del 22 de febrero de 1847, las dos formaciones se preparaban para emprender la batalla.

Hubo una agitada reunión del Estado Mayor mexicano. Los generales al mando de la artillería, Ignacio Mora y Antonio Corona, sabían bien que sus cañones tenían un alcance medio de cuatrocientos metros, prácticamente la mitad del de los estadounidenses, pero había tres cañones de dieciséis libras que habrían podido hacer frente al enemigo. Y no lo dudaron: tenían que ser confiados al Batallón de San Patricio. John Riley los hizo colocar en una loma desde la que podían dominar las líneas enemigas en avanzada, y sobre todo, contrarrestar las baterías del 4.º Regimiento de Artillería que prácticamente tenían de frente. Los del San Patricio se preparaban para sostener un duelo mortal, al que sobrevivirían los artilleros capaces de disparar con mayor precisión.

La llanura entre las altas montañas de Coahuila retumbaba por los toques de trompeta que disponían las maniobras de formación y por los redobles de tambores de los destacamentos que tomaban posiciones.

La infantería mexicana formaba dos líneas al centro, más una tercera en la retaguardia, apoyada por la artillería ligera. En el flanco derecho la caballería de Tamaulipas con el regimiento Coraceros al mando del general Juvera, en el lado izquierdo los húsares del general Torrejón.

El centro de la formación enemiga lo componían el 1.º y 2.º Regimientos de Illinois y el 2.º de Kentucky, más una compañía de *rangers* tejanos. En el flanco izquierdo, los regimientos de caballería de Arkansas y de Kentucky, en el derecho el 1.º y 2.º Regimientos de Infantería de Indiana, y, poco más atrás, como reservas, los fusileros de Misisipi y dos escuadrones de caballería ligera. Y la endiablada «artillería volante» comandada por Braxton Bragg, preparada para intervenir donde fuese necesario.

Las fuerzas en campo eran iguales en número —alrededor de dieciséis mil en cada parte—; los mexicanos, sin embargo, no sólo eran inferiores en armamento, sino que, sobre todo, estaban exhaustos, mientras los estadounidenses venían del vecino Saltillo, reposados y ansiosos por acabar cuanto antes. Además, el campo de batalla había sido elegido por Taylor, que había enviado a Wool el día anterior para organizar el despliegue del modo más favorable, excavando trincheras o improvisando parapetos defensivos, y tomando posiciones para obligar a los mexicanos a atacar en terrenos accidentados, dejando a la caballería en enorme desventaja, teniendo que sortear barrancos y cerros. El general Santa Anna, conscientemente o no, había caído en una trampa.

En cuanto a las baterías de gran calibre, Taylor las había posicionado en lo alto de una colina, desde la cual podían barrer el avance de los mexicanos. Pero para hacerles frente estaba el Batallón de San Patricio en lo alto de otra colina, con los tres cañones de dieciséis libras.

A primera hora de la tarde del 22 de febrero, Santa Anna localizó una altura por el flanco izquierdo de la formación enemiga que dominaba la carretera de tierra que conducía a Saltillo. Y tras haber constatado que los norteamericanos no la habían ocupado, ordenó a Ampudia que la conquistara. Los húsares partieron al trote con los sables a la espalda, seguidos por cuatro batallones de infantería ligera que intentaban correr a pesar del cansancio y el estómago vacío. Taylor, cuando fue informado, envió rápidamente para hacerles frente a los fusileros de Indiana y de Arkansas, con el apoyo de tres cañones de la tristemente célebre «artillería volante». Los combates arreciaron en las faldas de la colina. Los húsares cargaron al galope, pero el terreno era impracticable y fueron diezmados por los fusileros y las ráfagas de metralla. La infantería mexicana emprendió un encarnizado intercambio de disparos al descubierto sufriendo graves pérdidas, pero avanzaron hasta el cuerpo a cuerpo a la bayoneta. Durante horas interminables, las formaciones enfrentadas ganaron y perdieron de nuevo terreno por el flanco izquierdo, mientras desde la llanura los dos ejércitos observaban impacientes, a la espera de que los respectivos mandos decidiesen qué hacer. Al caer la noche, los mexicanos lograron tomar la cima trepando bajo un terrible fuego de fusilería. Arrollados por su ímpetu desesperado, los estadounidenses se retiraron al valle. Taylor partió en dos la pipa de caolín: ¿cómo diablos era posible que ninguno de sus oficiales se hubiera dado cuenta antes de la importancia de aquella loma? Habrían tenido que ocuparla la noche anterior.

Pero los soldados mexicanos, allá arriba, se darían cuenta muy pronto de cuán efímera iba a ser aquella victoria parcial. A medida que caía la oscuridad, el frío se volvía insoportable. El sudor del combate se les heló encima a aquellos pobres desventurados y al alba estaban tan entumecidos que ni siquiera eran capaces de cargar los fusiles.

Aún no había salido el sol cuando Ampudia les ordenó que bajaran por la otra ladera para atacar las posiciones situadas en las faldas opuestas, por el flanco izquierdo del despliegue enemigo. Al principio, bayonetas y sables sacaron ventaja, pero rápidamente Taylor, despertado por el ordenanza, mandó refuerzos y en poco tiempo se desencadenó la batalla. Santa Anna, a las siete de la mañana, ordenó el avance de toda la formación. El general Santiago Blanco desenvainó el sable y partió a la cabeza de los batallones de zapadores y de los regimientos de infantería Tampico y México, más los supervivientes de los húsares. Las tropas del centro se movieron a las órdenes de los generales Lombardini y Pacheco. y en aquel momento, la artillería de Taylor abrió fuego. La infantería mexicana no conseguía alcanzar una posición de tiro útil para los propios mosquetes acribillada por las granadas; y las líneas avanzadas acabaron bajo el fuego de los Springfield y Kentucky, de mayor alcance, mientras ellos disparaban inútilmente hacia los adversarios. A pesar de todo, no cesaban de avanzar, y en casos esporádicos atacaban a la bayoneta. Pero a sus espaldas, se habían creado huecos enormes y ellos iban al sacrificio en vano. La caballería, obstaculizada por el terreno impracticable, era diezmada aún más que la infantería, que al menos intentaba ponerse a cubierto tras los salientes de roca. Fue entonces cuando Santa Anna ordenó parar el ataque y consolidar las posiciones avanzadas.

Entretanto, los del San Patricio habían entrado en acción. La primera descarga fue de las piezas estadounidenses: las balas explosivas pasaron sobre sus cabezas o impactaron en la colina, sin alcanzar las baterías. John Riley llamó a la calma: era una salva de prueba, estaban ajustando el tiro. El capitán controló personalmente el alza de la mira junto a Patrick Dalton, y cuando ordenó a los servidores abrir fuego, tres explosiones hicieron estragos entre los artilleros enemigos. Estos, una vez reorganizados, dispararon la segunda andanada, pero entre el humo y las pérdidas sufridas fallaron una vez más el blanco. Los irlandeses, desde la loma opuesta, fueron certeros también con la segunda salva. En cuestión de media hora las baterías contrarias estaban dispersas y gravemente dañadas.

Desde su puesto de observación Taylor se estremecía de rabia. ¿Quiénes eran aquellos malditos artilleros? Le temblaban las manos, y tuvo que concentrarse para mantener firme el catalejo. Y así vio una bandera verde que ondeaba en el medio de las baterías. Ordenó al 1.º de Dragones lanzarse a la carga. Los del San Patricio cargaron rápidamente los cañones de metralla y esperaron. Los doscientos hombres que no servían las piezas apuntaron con los mosquetes. Cuando la caballería estadounidense estuvo en las faldas de la colina, y los primeros dragones al galope ya arremetían hacia la ladera, Riley dio la orden de «fuego a discreción», a la que hizo eco Patrick Dalton con «*Scaoil libh!*». El diluvio de plomo embistió a hombres y caballos, provocando una carnicería.

Riley ordenó calar las bayonetas, desenvainó el sable y comandó el contraataque.

Bajaron de la colina gritando como endemoniados, atravesando soldados de caballería a la desbandada y alcanzando rápidamente la primera línea del 4.º Regimiento de Artillería. Paddy mandó avanzar a los polacos encargados de los afustes arrastrados por tres parejas de caballos cada uno. En medio del fuego cruzado logró enganchar tres piezas arrebatadas al enemigo y trasladarlas hasta su loma con buena parte de las municiones.

Los soldados de infantería mexicanos que habían estrechado filas en aquella zona, viendo el contraataque victorioso, abandonaron los refugios y avanzaron corriendo a grito pelado: «¡Que viva México!», bayonetas caladas. Arrollaron a las defensas dispersas y se abalanzaron sobre las unidades de fusileros que intentaban reorganizarse.

En otros sectores del frente de batalla mientras tanto, el general Lombardini caía gravemente herido, mientras las tropas de Pacheco, formadas por reclutas en su bautismo de fuego, sufrían pérdidas tales que se dispersaban, a pesar de que los oficiales les incitaran a seguir el ejemplo del San Patricio. Eran diezmados por los cañones «volantes» de Braxton Bragg, que habían acudido rápidamente con la habitual agilidad de maniobra. En ese momento el general Pérez asumió el mando de las tropas de Lombardini y acudió en su ayuda, obligando una vez más a los estadounidenses a retroceder. Los irlandeses habían regresado a la loma y habían vuelto a acribillar las líneas avanzadas norteamericanas.

El sol se ponía cuando el general Wool llegó jadeante a la base del Estado Mayor; bajó a duras penas del caballo y, tambaleante por una torcedura de tobillo, prorrumpió:

—¡General Taylor, nos están derrotando!

Old Zack, crispado, replicó seco:

—Eso lo establezco yo. Mantenga la compostura.

Sin la artillería de Bragg —que corría a posicionarse allí donde se abriese un hueco y diezmaba a la infantería, dispersando además las cargas de la caballería— aquel día Taylor hubiera sufrido una sangrienta derrota. La superioridad de las armas en dotación de los estadounidenses marcó la diferencia, a pesar de que en el campo el ímpetu de los malnutridos y extenuados mexicanos habían estado en diversas ocasiones a un paso de romper las líneas enemigas, lo que habría permitido retomar Saltillo.

Sea como sea, sin el Batallón de San Patricio, los mexicanos no habrían podido desencadenar el contraataque.

Durante la jornada había llovido en varias ocasiones, y a última hora de la tarde cayó un aguacero.

Algunos vieron semejanzas con la batalla de Waterloo. La lluvia, que hizo empantanar a la caballería en el fango, impidiéndole determinar el resultado del enfrentamiento; el empleo rápido de la artillería estadounidense, pero con la fatal contraposición de los del San Patricio; en fin, las enormes pérdidas intentando tomar una hacienda: para Napoleón, la de Hougoumont, para los mexicanos, la Hacienda Buena Vista, donde los estadounidenses se habían atrincherado bien, masacrando lanceros y coraceros que se empeñaron en atacarla en vano, hasta tal punto que la batalla pasó a la historia norteamericana con el nombre de Buena Vista en lugar de Angostura.

La diferencia fundamental es que al ocaso los franceses habían perdido, mientras que los mexicanos, a un paso de la victoria total... recibieron de Santa Anna la orden de retirarse.

Las pérdidas mexicanas ascendían al doble de las estadounidenses. Pero al extenuado ejército mexicano, aquella noche se unieron en retirada hasta mil quinientos desertores. El elenco era siempre el mismo: irlandeses en su mayoría, junto a alemanes, polacos, escoceses, franceses...

El Batallón de San Patricio había perdido, entre muertos y heridos, casi un tercio de sus efectivos. Pero acabó siendo más numeroso que al comienzo de la batalla.

Otra retirada. En la oscuridad de la noche, bajo el agua batiente, con los heridos que apretaban trapos entre los dientes para sofocar los quejidos. El enemigo no debía saber que estábamos abandonando el campo de batalla.

La justificación del general Santa Anna para la posteridad fue bastante simple: sus hombres estaban hambrientos y en el intransitable terreno de Angostura no había manera de conseguir provisiones, solamente replegándose hacia Agua Nueva podrían descansar; combatir otro día sin comer sería impensable.

¿Era de veras un traidor sometido a los invasores que, a fin de cuentas, lo habían traído de nuevo a México precisamente para obtener aquellos resultados? O por el contrario, como sostienen todavía muchos, ¿había dejado creer a los norteamericanos que los favorecía sólo para poder retomar el mando de las operaciones, convencido de ser un patriota sincero y de actuar por el bien de la nación? Seguramente, el camaleón era su animal totémico. Cegado por la ambición, cambiaba de idea y convicciones con tal volubilidad que resultaba imposible entender qué pasaba realmente por aquella mente retorcida. Sea como sea, aquel sujeto era un militar fracasado, un pésimo estratega y un politiquero de baja ralea.

Pongamos que actuase de buena fe. Era cierto que los soldados morían de hambre y no descansaban desde hacía demasiado tiempo. ¿Habrían soportado otro día de combates? Esa es la cuestión: ¿cómo se podía comandar un ejército de aquellas dimensiones sin preocuparse de las provisiones?

Anteriormente, Santa Anna había conducido a veinte mil hombres a través de desiertos y montañas, sin importarle qué conseguían llevarse a la boca, y morían más por las penurias que por las balas. Ahora, tenían que llegar a Agua Nueva para encontrar algo de comer, sedientos hasta el punto de marchar con la cara en alto para recoger alguna gota de lluvia con los labios. Parecían una interminable columna de espectros que dirigían una muda oración al cielo. Allá arriba, todo era oscuro y tenebroso, como el futuro de México, tan parecido a Irlanda. Dios ciega a quien quiere perder. O si no, te pone en cabeza a un imbécil, que viene a ser lo mismo.

Teníamos más de ochocientos heridos. Los médicos y voluntarios del cuerpo sanitario hacían lo imposible por atenderlos, pero a aquellas alturas escaseaban hasta las vendas. Fue doloroso para todos tener que abandonar a algunos de los nuestros en aquel lugar maldito. Los más graves, los que no podían sostenerse sobre la silla o mantenerse sentados en un carro, dejados en aquel fango agonizantes... nosotros, en cambio, no dejamos ningún herido del San Patricio, aunque muchos morirían desangrados a lo largo del camino. A algunos los cargamos incluso sobre los afustes de los cañones, los atamos a las mulas... los más robustos de entre nosotros se alternaban para acarrear a un compañero sobre la espalda, con tal de no faltar a nuestro pacto de muerte: unidos hasta el final.

Al alba del 24 llegamos a Agua Nueva, y las gentes del lugar nos reconfortaron generosamente, poniendo a nuestra disposición lo poco que tenían. Pensé con una punzada en el corazón en los civiles que se encontraban bajo el dominio de las tropas invasoras. Dudaba de que el ejército de los Estados Unidos impidiese violencias y saqueos en todo Coahuila.

Reposamos unas horas, en silencio, cada uno encerrado en sus pensamientos sombríos. Sólo Paddy, acurrucado a mi lado, dijo a media voz: «Resistamos por ellos, sólo por ellos», y dirigió una mirada cansada hacia las mujeres mexicanas que iban de acá para allá llevándonos agua y tortillas con un chilito o un pedazo de carne seca.

Hacia mediodía, mientras nos calentábamos con los primeros rayos de sol que perforaban las nubes en fuga hacia el norte, resonaron toques de trompeta, y todos, maldiciendo entre dientes, se levantaron y cogieron los fusiles en mano. Órdenes de parada. Los oficiales corrían de un lado para otro, algunos cojeando, exhortando a los hombres a formar en la plaza del pueblo. Crucé una mirada con el italiano Ciro. Acariciaba su Brown Bess, al que se había resignado tras haber acabado las municiones del Kentucky. Sabía lo que estaba pensando. Y quizá esta vez no se lo habría impedido. Disparar a la cabeza de Santa Anna.

Pero no se trataba de la enésima locura del general, no nos hacían ponernos firmes en formación para pasar revista ante aquel presumido. Había una sorpresa para nosotros.

Tres jinetes, el del centro con la bandera blanca. Uniformes nuevos, limpios, cartucheras de un blanco inmaculado, gorras bien caladas. Caballos robustos, bien nutridos, y el emblema US Army *en las sillas. El estupor fue doble cuando reconocí al capitán Aaron Cohen.*

Los del San Patricio, heridos en su orgullo, asumieron un aspecto más marcial respecto a los soldados y oficiales mexicanos que los observaban perplejos. Paddy dio la orden de ponerse firmes. Golpes de tacón al unísono, arma al pie y mano de canto sobre el pecho a la altura del corazón. Ni que estuviéramos en el patio de una academia militar.

Cohen los recorrió con la mirada uno a uno, asintiendo como si mostrase admiración. Luego bajó del caballo y vino hacia mí. Se llevó una mano a la visera y cuando vio mis grados en el brazo dijo: «Capitán Riley...». Pero no añadió un «encantado de volver a verle». Yo permanecí en silencio y devolví el saludo.

Llegó Santa Anna con toda la pompa. Cohen le comunicó que el general Taylor quería declarar abiertamente su respeto al ejército mexicano por el coraje demostrado en batalla. Luego se interrumpió, como si hubiera olvidado el guion aprendido de memoria la noche anterior, y con una expresión avergonzada cogió un papel enrollado de la mochila de cuero claro. Prefería leer los elogios grotescos de Old *Zack. Uno de los míos, O'Leary, se encargó de traducir, frase a frase. Al final de aquella carta hipócrita, se aclaró todo: los tres mensajeros venían a pedir la rendición. Taylor hablaba de inútil derramamiento de sangre entre dos naciones vecinas que podrían proseguir amistosa y prósperamente, y exhortaba a Santa Anna a entablar negociaciones para un armisticio y paz duraderos.*

Siguió un silencio tenso, inmediatamente interrumpido por una voz estentórea y un poco ronca por el mezcal: «Chinga tu madre, cabrón».

Reconocí aquella voz: era del cabo Fernández, nativo de Matamoros; su mujer había sido violada y degollada por los tejanos. Quizá había sido más prolijo, pero equivalía al «mierda» de Cambronne.

Los irlandeses que estaban a mi lado no pudieron contener una risilla sofocada. Un sargento alemán añadió: «Hurensöhne»*. Cohen hizo como si nada, Santa Anna tenía una especie de rictus que le torcía la boca, pero no tomó medidas. Esbozó una sonrisa falsa, y en un inglés bastante comprensible, respondió al capitán que diese las gracias al general Taylor por sus palabras, pero que la única manera de poner fin a las hostilidades era retirarse más allá del río Nueces y cesar la invasión. Luego pretendió que los tres, mientras se alejaban, pasasen revista a nuestras tropas alineadas. Muchos daban lástima por lo maltrechos, harapientos y demacrados, pero seguramente el capitán Cohen y los dos tenientes no pudieron ignorar la fiereza que brillaba en los ojos de* *aquellos soldados, entregados a la derrota, sí, pero capaces aún de llevarse al infierno a un buen número de yanquis.*

Antes de montar de nuevo en la silla, Cohen me miró detenidamente. Apretó los labios y sacudió la cabeza. Me limité a saludarlo llevando la mano al corazón. a fin de cuentas, la culpa de todo estaba justo allí, en la parte izquierda del pecho.

10

El ejército de espectros

La retirada hacia San Luis Potosí diezmaría las filas del ejército mexicano incluso más que la batalla de Angostura. Durante varios días los soldados no hallaron ni agua potable ni comida, y para no morir de sed bebían de los raros charcos que encontraban. El 26 de febrero llegaron a la localidad de El Salado. Un nombre no casual, ya que la escasa agua disponible era salina. Muy pronto la disentería comenzó a causar víctimas. Las infecciones intestinales agravaban las condiciones ya precarias de hombres profundamente exhaustos por el cansancio y el hambre. Un oficial escribió en el diario: «El ejército parecía formado por cadáveres. Muchos de ellos tenían la piel pegada a los huesos, y los rostros, contraídos por el agotamiento, mostraban los dientes haciéndoles parecer calaveras. Una sonrisa involuntaria que provocaba terror».

Cuando llegaron a Matehuala, la primera población a lo largo del extenuante camino, no encontraron suficientes víveres para alimentarse, pero al menos el agua no faltaba. Se quedaron un par de días a descansar, luego retomaron la marcha. Entraron en San Luis Potosí el 9 de marzo, acogidos generosamente por sus habitantes. Muchos civiles lloraban viendo cómo estaba de maltrecho el ejército que habría de conjurar la invasión, el mismo que habían despedido con entusiasmo cuando partieron desde aquellas mismas calles y plazas. Los soldados eran infinitamente menos respecto a los que habían dejado la ciudad el 27 de enero entre redobles de tambores y toques de trompeta, banderas al viento y fusiles a la espalda. Los habitantes de San Luis Potosí veían desfilar una larga columna de hombres demacrados y silenciosos, con los uniformes hechos jirones y la expresión afligida. Entre muertos y desaparecidos, faltaban al reencuentro casi diez mil.

El general Santa Anna mientras tanto mandaba despachos a Ciudad de México proclamando la victoria en la batalla de Angostura. Pero de la capital llegaban mensajeros con noticias confusas, parecía que hubiese habido una sublevación contra el Gobierno por parte de políticos y militares no identificados, justo ahora que Santa Anna se había unido a los moderados y soñaba con volver al poder. Las informaciones en aquel tiempo se propagaban con lentitud, y encomendadas a los correos a caballo debían superar dificultades de todo tipo, con el resultado de que a lo largo del camino se hacían confusas y a menudo contradictorias. En la capital federal no había en curso ningún golpe de Estado, pero Santa Anna decidió ir a comprobarlo en persona. Llevó consigo lo que quedaba del regimiento de húsares y partió. Le seguían también tres piezas de artillería: eran los cañones estadounidenses que los del San Patricio habían arrebatado al enemigo y que, junto a la bandera del 4.º Regimiento de Artillería, quería usar como demostración del propio triunfo en el campo de batalla.

Quizá se esperaba una acogida festiva, un baño de multitudes aclamantes... Ciudad de México lo ignoró completamente, demostrándole todo el desprecio que merecía. Santa Anna no se descorazonó, a fin de cuentas el pueblo ya lo había recibido a escupitajos e insultos en Veracruz. Él apuntaba directamente a la cabeza de la nación. Los políticos que lo recibieron en palacio parecía que hubieran creído sus alardes, mientras la ciudad era sacudida por revueltas y hasta la Guardia Nacional rechazaba defender las «instituciones».

El colmo de aquella situación caótica fue un detalle fundamental que se le había escapado a Santa Anna. La revuelta de algunos sectores militares capitaneados por el general De la Peña Barragán aspiraba a nombrarle jefe del Gobierno, destituyendo al presidente Valentín Gómez Farías. Sin pensarlo, Santa Anna había ofrecido al Gobierno su apoyo, amenazando con convocar en Ciudad de México a las tropas que quedaban en el norte; más tarde, cuando la rebelión perdió fuerza y la Guardia Nacional se decidió a intervenir, los diputados moderados ofrecieron precisamente a Santa Anna que asumiera los poderes y devolviera la paz a la capital. Improvisándose una vez más como salvador de la patria, Santa Anna aceptó la presidencia y continuó como comandante en jefe del Ejército, burlándose de unos y otros. Y para granjearse al clero, derogó la reciente ley dispuesta por el predecesor Gómez Farías, que preveía la imposición de grandes impuestos a la Iglesia –poseedora entonces de inmensas riquezas y propiedades– para financiar el esfuerzo bélico contra la invasión. Llegados a aquel punto, Santa Anna gozaba de los favores de las jerarquías eclesiásticas, mientras su ejército de desesperados continuaba mal armado y vestido con harapos.

Al mismo tiempo, el general Winfield Scott asediaba Veracruz con una imponente flota de guerra y diez mil hombres. El 22 de marzo de 1847 las cañoneras abrieron fuego sobre la ciudad –joya de la arquitectura colonial, lo que la hacía parecerse a La Habana en muchos aspectos– y durante cinco días y cinco noches cayeron sobre la ciudad hasta seis mil setecientas bombas, mil trescientas cuarenta cada veinticuatro horas. Los cónsules de varias naciones intentaron inútilmente parlamentar. El general Scott fue inflexible: mientras en Veracruz subsistiera cualquier foco de resistencia no haría desembarcar a las tropas. Más de mil civiles murieron, y un ciudadano estadounidense que residía allí dejó este testimonio: «No olvidaré jamás el horrendo fuego de nuestra artillería de marina. Las bombas explotaban con precisión aterradora sobre las casas, reventándolas. Era terrible. Todavía me estremezco cuando lo recuerdo».

Cuando ni un solo mosquete podía disparar siquiera un tiro contra los atacantes, el general Scott ordenó el desembarco. Fue el desembarco más imponente por medios y número de hombres hasta la fecha, un triste récord que sería superado sólo por el desembarco en Normandía durante la Segunda Guerra Mundial. Otra infame primacía: fue la primera ciudad reducida a escombros por un bombardeo.

Pero ni siquiera así Scott pudo brindar por su clamoroso éxito. Los habitantes de Veracruz arrojaban de todo, muebles incluidos, desde las ventanas y balcones de los edificios aún en pie, y algún temerario osó incluso agredir a los infantes de marina a golpe de machete. Tampoco faltaron los tiroteos de parte de quien conservaba un arma en casa. Los veracruzanos arruinaron el desfile que Scott había imaginado, entre fanfarrias y banderas de regimientos. El general sintió un odio irritado hacia los mexicanos: ¿pero cómo?, ¿él llevaba la democracia y el progreso, y estos le lanzaban flores desde las ventanas, con la maceta incluida?

Fue sólo el principio, porque pronto se formaron grupos de guerrilleros que empezaron a atacar a las tropas estadounidenses durante la marcha o apenas se paraban a descansar y montaban un campamento. En represalia, Scott cerró los ojos ante los innombrables abusos que sus hombres cometían con los civiles: casas saqueadas e incendiadas –como también las iglesias donde se refugiaban los campesinos–, violaciones y matanzas; en resumen, el guion ya visto con los milicianos voluntarios que seguían a Taylor. Pero con el agravante de que las que estaban a las órdenes de Scott eran tropas regulares, entre las cuales se encontraba el Cuerpo de Marines, entonces en los albores de una larga historia en la cual se «cubriría de gloria». y también de otras cosas...

Fueron de tal calibre las atrocidades cometidas en la ciudad de Veracruz y en todo el estado, que surgieron comités contra la guerra tanto en Estados Unidos como en Europa. Esta vez los cónsules y los ciudadanos extranjeros presentes habían enviado a los respectivos países relatos detallados de aquella matanza, a fin de cuentas, se trataba del principal puerto del golfo de México para el comercio y los intercambios. Con el «acostumbrado» Henry David Thoreau, que se hizo arrestar por enésima vez a causa de sus vehementes protestas. En Nueva York y Boston cobró fuerza la American Peace Society. Su revista, *Advocate of Peace*, se dedicó frenéticamente a publicar minuciosos reportajes acerca de las atrocidades y las masacres de civiles cometidas por las tropas en México, exhortando a los jóvenes estadounidenses a no alistarse. Se sumaron a las protestas algunos diputados y senadores, más algún esporádico intelectual, verdaderos valientes, porque de hecho, juntándolos a todos, constituían una ínfima minoría que se arriesgó a ser linchada, y no sólo con palabras.

La mayoría de ciudadanos descubría la fuerte emoción del patriotismo –que antes de 1846 era un término abstracto, carente de implicaciones emotivas–, incitando a los propios *good boys* a golpear duro. Por primera vez desde su constitución, los Estados Unidos de América tenían un enemigo externo al cual maldecir y masacrar. Hasta entonces habían tenido las llamadas «guerras indias», después de todo, una limpieza en casa, que «desgraciadamente» desembocó en un genocidio con la finalidad incluso demasiado pragmática de sanear territorios para poder disfrutarlos en paz (paz eterna, para los indios); pero ahora se trataba de sostener a las tropas en un país plagado de trampas y poblado por gentes crueles e inmorales que violaban el precepto de la Biblia según el cual las tierras dejadas sin cultivar son un crimen contra Dios... ¡y pensar que en los Estados Unidos había tantas buenas personas voluntariosas dispuestas a cultivarlas, las propias y también las de los otros, en caso necesario!

En aquel periodo proliferaban los periódicos, nacían continuamente, y todos hostigaban a la opinión pública contra los mexicanos, exhortando a apoyar el esfuerzo bélico; además, había apenas comenzado la era del telégrafo. La primera transmisión de señales había sido llevada a cabo el 24 de mayo de 1844 entre Washington y Baltimore, y en menos que canta un gallo se estaba propagando por todas las ciudades, difundiendo noticias de batallas y empresas heroicas. Voces relevantes se alzaban por la sagrada misión. Hasta Walt Whitman, ilustre poeta del «¡Oh, capitán! ¡Mi capitán!», perdió la cabeza por los capitanes de las tropas invasoras.

«Qué miserable e incompetente es México, con sus supersticiones, su libertad de pacotilla, su tiranía de pocos sobre muchos; ¿qué tiene que ver México con la gran misión de repoblar el nuevo mundo con una noble raza? ¡Hagamos nuestro el logro de tal misión!»

Y la «noble raza» se empeñó con ahínco en repoblar el nuevo mundo: el número de mujeres y muchachas (y niñas) embarazadas por los violadores es incalculable. Obviamente, refiriéndonos a las que no eran degolladas inmediatamente, pues ésta era una práctica usada sólo por ciertos voluntarios de las milicias, principalmente tejanas y neoyorquinas –los más crueles, según cuentan los historiadores mexicanos–, mientras todos los demás las dejaban con vida, después de que un pelotón entero se hubiese solazado con ellas.

Sin embargo, como hemos podido constatar hasta este punto de nuestra historia, no todos los invasores eran feroces y sanguinarios por igual. Baste el dato de hasta nueve mil desertores registrado al inicio de marzo de 1847: muchos de ellos estaban asqueados, incluso horrorizados, por semejantes comportamientos, y no pudiendo impedirlos, esperaban la ocasión propicia para dejar el campamento y dirigirse a otro lugar, inventándose una nueva vida en zonas perdidas y lejanas de los campos de batalla; algunos se alistaron en el Batallón de San Patricio. Y no hay que olvidar el caso de doce ciudadanos estadounidenses que, al término de las hostilidades, en lugar de unirse a los vencedores triunfantes pidieron asilo político al cónsul británico de la capital. Sí, había una parte noble, en aquella subespecie de raza ensalzada por un exaltado Whitman, pero fue obstinadamente ignorada y silenciada.

Los ecos debieron llegar fuertes hasta Santa Anna, que hacía imprimir octavillas y manifiestos para difundir en las zonas bajo el control de los invasores, en los cuales exhortaba a «los hijos de Irlanda» a unirse a la causa mexicana, llenándose la boca con palabras como «religión» y «honor». John Riley, que había recibido el grado de mayor, hizo a su vez una apelación a los «compañeros y compatriotas» –citado en la «campaña de propaganda» promovida por Santa Anna– para que no continuasen combatiendo en el ejército de una nación que había pisoteado los valores más sagrados y los ideales de libertad.

Las tropas de Scott avanzaban siguiendo el mismo recorrido que Hernán Cortés cuando conquistó Tenochtitlán –la capital de los aztecas, también conocidos como mexicas– que se convertiría en Ciudad de México. Muy pronto el general tuvo que afrontar dificultades que no había tenido en consideración. Además de los continuos ataques de civiles armados, el calor sofocante de Veracruz hacía arduo avanzar con rapidez, y los mosquitos se mostraban letales aliados de la resistencia... Los casos de fiebre amarilla, conocida también como el «vómito negro», aumentaban día a día, y Scott no veía la hora de alcanzar los altiplanos del estado de Puebla para refrescarse un poco, a la espera de dirigirse a la capital federal. Mientras tanto, Santa Anna convencía a la Iglesia para que se sumase a la santa cruzada contra los protestantes –todo valía en la hazaña, incluso convertirla en una guerra de religiones– , obteniendo un préstamo de dos millones de dólares (cifra espectacular para la época), que utilizaría para pagar a los traficantes de armas que desde Guatemala sorteaban el bloqueo de las cañoneras estadounidenses en todos los puertos mexicanos. Póngase atención: un préstamo, no una pía ofrenda, que en el futuro endeudaría aún más al Estado mexicano que ya debía mucho a los gobiernos extranjeros.

Santa Anna movilizó a los «pobres desgraciados» desde San Luis Potosí, y reclutó otros hombres, juntando así el enésimo ejército maltrecho para enfrentarse a los invasores provenientes del este. El Batallón de San Patricio, a aquellas alturas numeroso como un regimiento, marchaba siempre en primera línea. Y al sudeste de Jalapa, capital administrativa de Veracruz y además, ciudad natal de Santa Anna, entablaría combate con la vanguardia de Scott al mando del general Twiggs, en la localidad de Cerro Gordo.

11

UNA COLADA VOLCÁNICA DE ERRORES

Los dos ejércitos, el de Taylor al norte y el de Scott al este, recibían continuamente refuerzos y armamento por tierra y por mar. *Old* Zack tragaba quina sabiendo que el rival Scott estaba avanzando sobre Ciudad de México mientras él conquistaba las ciudades de la zona septentrional, inmensa y predominantemente desértica. No teniendo que enfrentarse a un ejército, llevaba las de ganar frente a las guarniciones locales que, de todos modos, no se lo pusieron fácil. Sólo para ocupar Chihuahua tuvo que afrontar y derrotar a los mexicanos en dos batallas, Bracitos y Sacramento. Las unidades regulares eran exiguas, pero se les unían las milicias de civiles resueltas a defender el territorio sin rendirse. Una resistencia tan heroica como vana: el eco de aquellas empresas desesperadas llegaba a duras penas a los palacios de Ciudad de México, donde se preocupaban exclusivamente de cuánto avanzaban las tropas desembarcadas en Veracruz. Considerada la verdadera finalidad de la guerra –apoderarse de todos los estados que iban desde California hasta Texas–, el empeño de Scott resultaba inútil: se había formado un tercer ejército invasor. El del oeste, que ocupaba una tras otra las ciudades estratégicas de Nuevo México y de California, desde Santa Fe a Los Ángeles y San Diego. La conquista de California pareció una conquista fácil al principio, entre otras razones por la predisposición de los ricos terratenientes a acoger el «progreso civilizador» de los nuevos colonizadores. Pero muy pronto las poblaciones locales sufrirían tantos y tan graves abusos que se sublevaron contra unos y otros: las guerrillas que se formaban espontáneamente disparaban tanto a los dueños de las haciendas como a los militares estadounidenses. Se necesitarían varios años antes de «pacificar» los territorios conquistados, matando a los rebeldes y haciendo tierra quemada de los pueblos que les ofrecían apoyo y refugio.

Mientras, Santa Anna juntaba otro ejército remendado y desmoralizado –casi doce mil hombres, en su mayoría bisoños, reclutas sin experiencia– para hacer frente a las tropas de Scott en el estado de Veracruz. El único aliado capaz de frenar el avance era la insoportable mezcla de amebas y mosquitos, y las consecuentes disenterías y fiebres maláricas. En los campamentos norteamericanos los enfermos se multiplicaban, con la creciente preocupación de Scott; pero puntualmente llegaban reemplazos al puerto de Veracruz, donde las naves de transporte zarpaban cargadas de enfermos de mayor o menor gravedad. El balance de todo el conflicto confirmaría la «potencia bélica» de los mosquitos mexicanos y de los microbios intestinales –portadores de la temida «maldición de Moctezuma»– en los territorios tropicales del golfo. De los trece mil muertos en las filas estadounidenses, apenas una quinta parte había caído en combate.

En las intenciones *declaradas* del Generalísimo había una vaga estrategia: posicionarse a tiempo en el estrecho paso rocoso de Cerro Gordo para clavar al enemigo en una especie de

Termópilas mexicanas, impidiendo el acceso a Jalapa, punto estratégico por las carreteras que llevaban a Ciudad de México. Era el terreno más adverso que se pudiera imaginar para una batalla de mitad del mil ochocientos según los esquemas de la época: la llanura era demasiado estrecha para maniobrar con infantería y artillería, y estaba dominada por dos escarpadas alturas, La Atalaya y Cerro Gordo, también llamado El Telégrafo. Además, por el lado izquierdo se extendía un pedregal, prácticamente los restos de un apocalíptico río de lava lleno de peñascos irregulares, recorrido por fisuras y quebradas. En el comando avanzado de las tropas mexicanas estaba el general Valentín Canalizo, que envió al teniente coronel del Cuerpo de Ingenieros gastadores Manuel Robles a efectuar un minucioso reconocimiento del territorio. Robles regresó desconsolado: según él, el desfiladero podría llegar a detener al enemigo que se dirigía a Jalapa, pero a la larga no sería defendible porque se prestaba a un movimiento de tenaza de los atacantes; además, no había manera de abastecerse de agua, y en caso de combates prolongados se encontrarían una vez más muriendo de sed. Aconsejaba vivamente emprender la batalla en Corral Falso, zona de colinas poco distante, donde la caballería mexicana podría cargar en campo abierto. Santa Anna no se atuvo a razones. Ordenó a Canalizo que tomase posición en Cerro Gordo. Robles, enfurecido, presentó al Estado Mayor una protesta por escrito para ratificar su absoluto desacuerdo con aquella decisión insensata. Santa Anna se burló de él hablando con Canalizo: ¿cómo podría el enemigo sorprenderlos por la espalda si defendía sus posiciones aquel infranqueable pedregal, que ni siquiera los pájaros osaban sobrevolar? Figurémonos si caballos y hombres serían capaces de atravesarlo... El general Canalizo, para satisfacer las convicciones de su excelencia, mandó una escuadra de dragones a explorar aquel infierno de lava petrificada. La escuadra regresó al campamento con dos hombres y dos caballos menos. Habían caído por un precipicio mientras intentaban localizar un paso. Santa Anna miró a Canalizo alargando los brazos: «¿Ha visto? El pedregal es inaccesible». Para demostrarlo, había tenido que sacrificar dos bípedos y dos cuadrúpedos, pero había valido la pena. Robles podía irse al diablo.

La vanguardia de los invasores alcanzó el paso el 11 de abril de 1847, casi siete mil hombres al mando del general David Twiggs, más tres mil en la retaguardia con Scott. Los mexicanos ya se habían apostado en las alturas, y Twiggs comunicó a Scott que, a su pesar, no veía otra elección más que atacar frontalmente a las tropas desplegadas en posición de defensa. Scott aconsejó no tener prisa... y la noche entre el 16 y el 17 de abril, el capitán Robert Lee, al mando de una partida de exploradores, se aventuró entre las rocas volcánicas. Al alba, regresó afirmando triunfante que era posible seguir un camino y rodear las filas mexicanas para atacarlas lateralmente y por la retaguardia.

En aquella coyuntura ocurrió un hecho que habría podido dar un vuelco al destino de la contienda. Un irlandés, el enésimo, consiguió desertar y llegar a la primera línea de la infantería mexicana. Lo condujeron inmediatamente al comandante supremo. Santa Anna lo escuchó entre distraído e importunado.

El soldado irlandés estaba explicando que los norteamericanos habían descubierto un paso en el pedregal. El Generalísimo asintió con aire paternal: «Está bien, soldado, México te estará muy agradecido... y ahora, den de comer a este valiente y háganlo descansar». Como si dijera: quítenmelo de encima. El irlandés se marchó visiblemente decepcionado y abatido. Había arriesgado la piel para nada.

El Batallón de San Patricio llegó al teatro de las operaciones en último lugar. La marcha desde San Luis Potosí había debilitado incluso a los hombres acostumbrados a cualquier adversidad. Para Riley no estaba claro si Santa Anna los quería o no a su lado. La orden de dejar el campamento del norte era confusa: hablaba de marchar hacia Ciudad de México a la espera de nuevas disposiciones, pero una vez llegados a Guanajuato habían sabido que el contingente local se había dirigido a Jalapa, donde Santa Anna pensaba impedir el avance del enemigo. Riley reunió a sus hombres, y la decisión se tomó entre todos: no podían eludir el combate, y de todos modos, no sabían qué situación se encontrarían en la capital. Las voces de motines e intrigas de poder les convencieron para preferir el campo de batalla.

Los del San Patricio no iban acompañados de cañones, sus piezas habían sido transportadas por las unidades de Santa Anna semanas atrás, y se resignaron a batirse como infantería de primera línea. Riley detectó inmediatamente la vulnerabilidad del flanco izquierdo y la dificultad para maniobrar las piezas de artillería que, una vez posicionadas, habrían resultado imposibles de mover en un terreno tan accidentado. También a él el Estado Mayor le dijo que el pedregal era infranqueable por el flanco izquierdo. La única ventaja era el control de las dos alturas, aunque para Riley serviría de poco, considerando el corto alcance de la artillería mexicana. El desertor irlandés se unió a ellos, y cuando Riley escuchó su relato, ordenó inmediatamente al batallón que tomase posición al este del pedregal para afrontar un ataque por aquel flanco. Aunque era demasiado tarde, su decisión evitaría la derrota total.

Al alba del 18 de abril, la artillería estadounidense abrió una densa cortina de fuego, mientras una parte de la infantería al mando del general Gideon Pillow atacaba frontalmente la línea defensiva mexicana. En aquellas circunstancias ocurrió un hecho que generaría la ilusión de derrotar a los atacantes. El coronel William Harney, desobedeciendo las órdenes de Scott y, por tanto, también las de Pillow, comandó una carga de caballería que se topó con el despliegue de la infantería mexicana en el punto en el que estaban apostados los dos mejores batallones de veteranos: San Patricio y San Blas. Bajo el fuego letal de fusilería de las unidades más disciplinadas y motivadas de la primera línea, los dragones de Harney fueron masacrados y el propio coronel tuvo que darse a la fuga precipitadamente para evitar acabar muerto. No eran nuevas sus bravuconadas, su afán por lucirse iba de la mano de su odio visceral hacia los mexicanos, el mismo que había albergado por los indios y por los esclavos negros. Su historia personal estaba plagada de episodios de violencia despiadada contra personas indefensas, pero esta vez había encontrado en su camino soldados capaces de infligirle una dura lección. El coronel Harney, de todos modos, prestaba siempre atención a no exponerse al fuego y cabalgaba varias filas atrás respecto a la primera línea. Su comportamiento le había costado innumerables informes y delaciones a la corte marcial, pero gozaba de una «recomendación» de primera categoría: pupilo del expresidente Andrew Jackson –se había distinguido por haber encubierto las matanzas indiscriminadas de indios–, Harney seguía siendo protegido por el nuevo presidente Polk, exponente del mismo partido.

La derrota sufrida por la caballería no cambiaría la suerte de la batalla de Cerro Gordo, porque durante la noche un grueso del contingente de las tropas estadounidenses había superado quebradas y precipicios siguiendo la escuadra de exploradores del capitán Lee, y en el culmen de los combates irrumpió por el flanco izquierdo provocando el caos en la retaguardia. A pesar de la valiente resistencia del San Patricio, en aquel sector no había tropas veteranas para apoyarlos, y el San Blas había sido desplazado al centro. Centenares de reclutas comenzaron a retroceder justo en el momento en que las tropas de Pillow sufrían graves pérdidas y el Estado Mayor mexicano comenzaba a cantar victoria. Con repetidos asaltos a la bayoneta, los estadounidenses tomaron también las dos alturas. A pesar de que allá arriba los soldados mexicanos habían acometido una lucha a muerte, tuvieron que retirarse. No sólo por los disparos certeros de la artillería, sino sobre todo por el devastador bombardeo de cohetes –por primera vez, hicieron su aparición en la guerra los ingenios ideados por el inglés William Congreve, aquí en su versión más letal, perfeccionada por William Hale–. No tenían un gran alcance, pero llovían a centenares sobre las cimas de Cerro Gordo y de Atalaya explotando con efecto de granada y lanzando a su alrededor esquirlas y munición. Diezmados, los defensores cedieron al final al ímpetu de los atacantes. Y a partir de ese momento, se dio la desbandada.

El general Santa Anna subió a su carroza y huyó precipitadamente con la escolta, perseguido por un diluvio de proyectiles y explosiones. Se salvó gracias a los del San Patricio, que cubrieron la retirada sin romper filas, y a la tardía entrada en escena de la Brigada Arteaga, que habría debido tomar parte en la batalla pero que se había retrasado a causa de una marcha más accidentada de lo previsto. En aquellos momentos, Santa Anna estaba comiendo un pollo asado y se había desatado la pierna de madera. Cargado a toda prisa en la carroza por los hombres de su guardia personal, no había logrado recuperarla. Unos voluntarios de Illinois encontraron la prótesis y la tomaron como trofeo de guerra. Con el paso de los años, acabaría en el museo de Springfield, donde aún hoy continúa expuesta.

Los mexicanos dejaron sobre el terreno más de mil caídos, y tres mil fueron hechos prisioneros. En las filas estadounidenses se contabilizaron casi cuatrocientas pérdidas.

Me sobraban los motivos para estar mal.

Los compañeros caídos, los heridos que me miraban sin que pudiera hacer nada por ellos, la carnicería a mi alrededor.

Y con todo, el dolor a veces asume formas que no te esperas y se agudiza concentrándose donde puede tomarte por sorpresa.

He amado a una mujer, Consuelo, y la amo aún más ahora que la consciencia de no poder ofrecerle la alegría de vivir me hace todavía más penosa la añoranza de lo que habría podido ser y que nunca seré.

He querido a mis compañeros como hermanos, y los he visto morir, a todos, uno tras otro.

He sentido afecto por un animal, y aquella tarde, en la desastrosa retirada de Cerro Gordo, tuve que sentir también ese dolor, aunque creyera que un caballo era a fin de cuentas un medio, no el objeto de sentimientos lacerantes.

Advertí el impacto como si hubiera golpeado mi carne, un escalofrío que me recorrió desde las piernas hasta el estómago, y sin embargo Erin continuó galopando. No se paró hasta que consiguió alcanzar un espolón de roca, y allí, habiéndome llevado ya a cubierto, permitió a su potente corazón reventar.

Dobló las patas y se arrodilló, dándome la posibilidad de desmontar sin caerme encima con todo su peso. Me quité el pañuelo del cuello y lo apreté sobre la herida en el centro del pecho, como si pudiera taponar aquella vorágine de la que manaba su vida.

Emitió un último relincho ronco, apenas un suspiro, y cerró los ojos.

Había tanto dolor a nuestro alrededor, que llorar por una yegua amiga parecía un insulto a los vivos y a los muertos.

Pero yo, por Erin, lloré.

Y me avergonzaba, porque no me he permitido nunca llorar por todos ustedes, hermanos de armas, compañeros de desventuras. Especialmente en Cerro Gordo, donde dejamos al menos a un tercio de los nuestros. Allí murieron también los últimos africanos del San Patricio. Cayeron como hombres libres, combatiendo, mas no sirve de consuelo. No hubo ni siquiera tiempo para enterrarlos. Conseguimos no abandonar a los heridos, sabiendo cómo habrían acabado. Pero muchos morirían antes de que llegáramos, hechos pedazos, a Jalapa. La ciudad se había convertido en un inmenso hospital de campo. Bajo las tiendas improvisadas, los cirujanos segaban piernas y brazos sin anestesia, los gritos de los heridos desalentaban a las buenas mujeres de Jalapa de llevarnos víveres y agua, aterrorizadas por aquella carnicería a cielo abierto. Era todo un ir y venir de camilleros cubiertos de sangre, cajas de madera tosca para los cadáveres, y poco distante, la hoguera donde se quemaban vendas y miembros amputados. Los féretros eran acompañados por melancólicas orquestinas de pífanos y tambores, el sonido más triste que haya nunca oído. Soy un soldado, sé que así es la guerra. Miembros y cabezas esparcidos por el campo de batalla, heridos y mutilados en las retaguardias, miradas atónitas de hombres apoyados a un muro o a un árbol, que miran fijamente las propias vísceras salir fuera, a causa del desgarro provocado por una esquirla de granada o por un golpe de bayoneta asestado de través…

Así son todas las guerras.

Sin embargo, aquella llegaba a ser, si es posible, aún más feroz e injusta. ¿Con qué culpa se habían manchado las gentes de México para sufrir tantos horrores? ¿Qué afrenta habían hecho a los Estados Unidos de América para merecer tal crueldad?

En cualquier caso, teníamos que darnos prisa, los que aún podíamos mantenernos en pie. Las tropas de Scott y Twiggs avanzaban hacia Puebla; nos arriesgábamos a que nos bloqueasen la retirada hacia Ciudad de México. Puebla cayó el 14 de mayo sin que se disparase ni una bala. No había soldados para defenderla, el ejército de Santa Anna estaba disperso. Nos organizamos en grupos de guerrilleros. Muchos civiles armados se unieron a nuestras formaciones, y gozábamos del apoyo de las poblaciones locales. Tendíamos emboscadas a lo largo de la carretera entre Jalapa y Puebla, salíamos repentinamente de los bosques, hacíamos saltar los puentes y luego los atacábamos en el medio de un vado… a veces era como hacer tiro al blanco desde posiciones favorables, pero en muchos casos era una carnicería con arma blanca contra escuadras de exploradores y vanguardias. Retardamos su marcha, infligiéndoles más pérdidas así que en las últimas batallas. Pero eran demasiados. Y recibían refuerzos continuamente, relevos, provisiones. Era un ejército bien equipado, cada vez más numeroso, y sus generales habían adoptado una táctica vil y despreciable: liberaban a los peores criminales de las prisiones de las ciudades conquistadas y los reclutaban como mercenarios e informadores para cumplir atrocidades y minar así la resistencia local. Aquellos canallas recibían recompensas y podían saquear y violar tanto o más que las milicias voluntarias; conocían bien el territorio, además, y sabían a quién torturar para obtener información sobre nosotros.

No quedaba más que converger en Ciudad de México, donde se recompondría el San Patricio. Patrick Dalton, el amigo Paddy, estaba todavía a mi lado. Tantos otros reposaban donde habían caído.

Abracé de nuevo a Consuelo en San Ángel. Nos habíamos acuartelado en aquel acogedor y antiguo barrio al sur de la capital a la espera de la última batalla. Aunque a aquellas alturas todo estaba perdido, nos quedaba la esperanza de bloquearlos a las puertas de Ciudad de México causando suficientes pérdidas a los invasores como para obligar a Taylor y a Scott a pactar un armisticio honorable. Para nosotros, los sanpatricios, de todos modos, no había ninguna posibilidad de rendición. Eso lo sabíamos desde el principio, desde los días de Matamoros y Palo Alto.

Consuelo no intentó convencerme para que nos ocultáramos en otro lugar. Si hubiera querido, ella habría podido conseguir para ambos un refugio seguro más al sur, en Morelos, donde conocía a una familia de criadores de caballos que se habían armado para organizar una guerrilla. En su hacienda nunca nos habría buscado nadie. Yo lo sabía y ella lo sabía, pero ambos evitábamos hablar de ello. Consuelo se limitó a rogarme —con las lágrimas que corrían por su bonito rostro de rasgos indígenas, manando de aquellos ojos de obsidiana en los que me perdía—, a rogarme que siguiese vivo… «no te dejes matar justo ahora, Jon», y aspiraba la jota convirtiéndola en un susurro que me partía el corazón, «no ahora que se ha perdido todo. Tenemos todavía una vida por delante y podemos vivirla juntos, Jon… has hecho más de cuanto este país merecía, este desventurado México nuestro en las garras de buitres ávidos de poder e incapaces de gobernarlo…».

¿Qué podía contestarle? Me esforzaba en sonreírle y apretaba su mano entre las mías, acariciándola, le retiraba los cabellos oscuros del rostro, la besaba en los labios con infinita ternura, y ella se estrechaba contra mí desesperadamente, transformando la angustia en pasión.

Hacíamos el amor con una sensación de muerte en la garganta. Intercambiando nuestras salivas amargas como la tierra volcánica de los campos que nos rodeaban, y a cada culmen de placer pedía a mi corazón que se parase, que dejase de latir enloquecido… Revienta corazón, y hazme morir entre sus brazos.

Pero el corazón nunca me ha obedecido, de otro modo no estaría aquí.

Me había vuelto triste y taciturno, y Consuelo sufría por mis largos silencios. De vez en cuando, gracias al mezcal, me enfervorizaba y entonces hablaba de más, maldiciendo a los gobernantes de México y a aquel canalla de Santa Anna, que nos había conducido a la derrota. Consuelo sabía lo suyo en cuestiones políticas, se desenvolvía bien en aquella maraña de ambiciones e intereses, corrupciones y traiciones… Un día le pregunté abiertamente qué pensaba de Santa Anna, y ella respondió que Santa Anna era un personaje indescifrable, un oportunista que, desgraciadamente, tenía un cierto carisma. Demasiada gente aún lo considera un héroe, «porque», dijo, «nosotros los mexicanos nos enamoramos de los perdedores, y cuantas más derrotas colecciona Santa Anna, más consenso gana». Pero Consuelo no creía que hubiera hecho deveras un pacto con el presidente Polk. No lo creía entonces. Hoy, con algunos años de distancia y con todo lo que hemos llegado a saber, las pruebas no existen, pero… Santa Anna había calculado que favoreciendo las derrotas en todas las batallas, habría permitido a los invasores llegar a la capital y obligado así al Parlamento a aceptar un tratado de paz devastador. Según él, Texas era en cualquier caso irrecuperable; y paciencia con California, con todas sus riquezas, porque a fin de cuentas, los ricos hacendados de origen español preferían pertenecer a una nación potente antes que a un país permanentemente presa de convulsiones de poder y subversiones de frentes políticos. Así que, que se fuera a la mierda una mitad del territorio mexicano, el inmenso norte, con tal de asegurarse el miserable trono sobre el cual soñaba sentarse aquel desgraciado que se hacía llamar «su alteza serenísima», como si fuera un monarca.

Un desastre semejante habría barrido a toda la clase política, menos a él, dispuesto a presentar la cuenta a Washington y a sus generales para que le colocasen en el Gobierno. Pero sus cálculos eran erróneos: los vencedores no respetaban a nadie, y menos que nadie a los traidores. Quien ha traicionado una vez, puede traicionar de nuevo.

12

Descansando en Saltillo

La catedral barroca de Santiago Apóstol se recortaba sobre la plaza de armas, y el capitán Aaron Cohen holgazaneaba sentado en un banco de los jardines junto al quiosco de la música, como un viandante extranjero cualquiera capaz de apreciar aquel sublime ejemplo de arte colonial. Tenía en la mano una carta de la madre llegada el día anterior, en la que le hablaba de la vida cotidiana en la gran casa familiar de Boston, que había quedado vacía después de la muerte del marido y la partida para la guerra de su único hijo. Una misiva llena de nostalgia que había releído varias veces y a la que no se decidía a responder. ¿Qué habría podido escribir a su madre para tranquilizarla? ¿Que se encontraba en un lugar agradable, donde el sol hacía cegador el horizonte ribeteado por las altas montañas de la Sierra Madre Oriental? ¿Que estaba combatiendo en una guerra inicua, contra gentes muy distintas de como venían descritas en los periódicos que ella leía cada mañana, ávida de noticias acerca de los heroicos muchachos que llevaban la civilización a los bárbaros?

Vio a un anciano mendicante que se acercaba apoyándose en un bastón retorcido. Había extendido la mano hacia una mujer que llevaba una cesta de pan en la cabeza; ella, casi sin detenerse, había alargado el brazo y había cogido una pequeña hogaza para dársela al pobre hombre, descalzo pero con los raídos vestidos de algodón tosco, después de todo, limpios. Hasta en la miseria hay dignidad, pensó el capitán. Se metió una mano en el bolsillo buscando una moneda. Cuando hizo amago de dársela, el viejo lo miró fijamente, y echó de nuevo a andar con la mirada clavada en las grietas y asperezas del empedrado.

El capitán Cohen permaneció observándolo largamente, absorto en pensamientos sombríos. Hasta que advirtió un intenso olor a tabaco dulzón: de Virginia, sin duda. Se giró. El general Zachary Taylor daba chupadas a su pipa de caolín, fingiendo interesarse por la catedral y por sus infinitos arabescos en piedra color ocre. Cohen echó una mirada atrás y divisó una escuadra de soldados de infantería, la escolta del general de paseo. Se levantó resoplando, más por el fastidio de haber sido interrumpido en aquel momento de quietud que por el calor de la mañana soleada.

—No se moleste, capitán. ¿Puedo? —dijo *Old* Zack indicando el banco. El capitán esbozó el saludo, pero no se puso de nuevo la gorra reglamentaria. Cuando el anciano general se acomodó, rechinando los dientes debido a las articulaciones anquilosadas, también él volvió a sentarse.

Los dos permanecieron en silencio durante un rato mirando la plaza y los escasos transeúntes. Cuatro chamacos jugaban a atrapados; luego, percatándose de la presencia de los militares, confabularon en voz baja y se escabulleron.

—Sobre eso tiene usted razón —murmuró el general.

—¿Disculpe?

—Sobre el hecho de que nos odiarán siempre. Incluso los que mueren de hambre tienen un orgullo testarudo que los convertirá en eternos enemigos nuestros, aunque les traigamos el progreso.

Aaron Cohen suspiró, asintiendo.

—Quizá no sepan qué hacer con nuestro «progreso», mi general.

Taylor soltó el humo hacia lo alto, esbozando una sonrisa.

—No se equivoque creyendo que todos son así. Los mexicanos de California ya están haciendo excelentes negocios con nosotros.

El capitán permaneció en silencio, sin saber si replicar o no. Al final no pudo contenerse:

—Quizá se refiera a la Alta California, porque en la Baja, primero rechazaron nuestro desembarco en Mulegé causándonos graves pérdidas, y ahora se han organizado en guerrillas atacando a nuestros contingentes incluso en La Paz.

—Sí, estoy informado —dijo el general—. Pero es sólo cuestión de tiempo, y no durará mucho. También usted, desde que lo he asignado a la intendencia, está dispensando generosas sumas a los campesinos por abastecernos de víveres.

Cohen hizo un gesto iracundo.

—Los campesinos tienen muy poco que vender, y en cuanto a los propietarios de las haciendas... Le he redactado un informe detallado, ¿no lo ha leído?

Old Zack exhaló el humo y asumió la acostumbrada expresión paciente.

—He leído, he leído —respondió con voz cansada—. Diez carros de maíz y frijoles que en el último momento se han negado a entregarle. Nada grave, un gesto de patriotismo vacuo y de pura propaganda. Quiere decir que la próxima vez pedirán un precio más alto.

—Temo que usted no haya leído la parte final, en la que denunciaba que los voluntarios de Kentucky regresaron allí por la noche y prendieron fuego a la hacienda. Para esa gente no habrá próxima vez.

El general permaneció en silencio y se puso a limpiar la pipa. Cuando Cohen comenzaba a no soportar más la tensión, dijo en tono perentorio:

—Capitán, usted está desaprovechado aquí. Un oficial de West Point, en un lugar olvidado de Dios como Saltillo. He decidido que lo envío a cubrirse de gloria.

—¿Ha dicho de gloria, señor general? ¿En una guerra como ésta?

—No abuse de mi paciencia, capitán; cada día tengo que reprimir el sentido del deber que me impondría enviar un informe a Washington por su actitud derrotista. ¿Se ha preguntado por qué todos los de su mismo rango han sido promovidos en el campo de batalla y usted tiene todavía esos grados en la casaca?

—¿Quizá porque tengo un nombre judío? —remachó Aaron Cohen con un tono tan resoluto que el general montó en cólera.

—Déjese de necedades. Ese rencor suyo fuera de lugar es lo que hace de usted un oficial frustrado y proclive a la insubordinación. A veces me pregunto por qué no se ha unido a ese atajo de traidores irlandeses. Las causas perdidas parecen su máxima aspiración.

El capitán Cohen se levantó, se puso la gorra y se cuadró.

—Con su permiso, debo regresar al cuartel general para coordinar los trabajos de aprovisionamiento.

Old Zack sacudió la cabeza y lo miró fijamente a los ojos.

—Seré franco: no veo la hora de perderle de vista. Cada noche me espera sobre la mesa uno de sus informes repletos de quejas y acusaciones infundadas contra mis soldados. No tener que volver a leerlas será un alivio. Mañana al alba partirá con un convoy de carros y artillería ligera hacia el puerto fluvial de Matamoros. Le tocará a usted comandar la escolta. Allí, se embarcará en una de nuestras unidades de guerra hacia Veracruz, desde donde alcanzará a las tropas del general Scott. Cúbrase de honor, capitán Cohen.

—El honor lo hemos perdido cruzando el río Bravo —murmuró él haciendo el saludo militar.

—Desaparezca de mi vista antes de que dé orden a mis hombres de arrestarlo.

13

PADIERNA: EL ETERNO DILEMA

El 7 de agosto de 1847, la II División al mando del general Twiggs se puso en marcha desde los campamentos de Puebla, con la caballería del coronel William Harney de avanzadilla. Al día siguiente fue seguida por la IV División de Voluntarios con el general Quitman a la cabeza, junto a un regimiento de marines. El día 9 partió la I División de Worth, y el 10, la III de Pillow. El general Scott se movió con su escolta una vez ultimadas las complejas operaciones necesarias para el avance de doce mil hombres acompañados de piezas de artillería, municiones y víveres. Comenzaba la conquista de Ciudad de México.

A las dos de la tarde del 9 de agosto, en el corazón de la capital retumbó un cañonazo: anunciaba que las tropas enemigas habían dejado Puebla y, por lo tanto, la inminencia del ataque. Los cuarteles de la Guardia Nacional se movilizaron, mientras una multitud de voluntarios acudía para alistarse. Santa Anna dispuso la máxima defensa, ordenando a los batallones Bravos, Victoria, Hidalgo e Independencia atrincherarse en la fortaleza de Peñón Viejo, una altura rocosa que dominaba la entrada oriental de la capital, por la carretera que venía de Puebla.

La idea inicial de Scott era dar un gran rodeo para atacar por el sudoeste, evitando el enfrentamiento en Peñón Viejo. Pero la marcha era dura, tanto por el terreno pantanoso y repleto de zonas lacustres, como por los continuos ataques de los guerrilleros, que frenaban el avance infligiendo pérdidas día y noche, y obligaban a los contingentes a pararse para hacerles frente. Tras haber bordeado por el sur las orillas de los lagos Chalco y Xochimilco, el 18 de agosto Scott llegó al barrio de Tlalpan, donde estableció la base de operaciones y cambió los planes, decidiendo probar un avance por el sur. Todos los planes de Santa Anna se iban a pique: la principal línea defensiva estaba en el este, mientras que desde Tlalpan los invasores sólo se encontrarían delante el reducto de la Hacienda San Antonio y el puente de Churubusco, con el vecino convento fortificado. El Estado Mayor mexicano había descartado que Scott pudiese escoger esa vía teniendo en cuenta el terreno accidentado de la vasta llanura de lava, aquí también llamada El Pedregal como en Cerro Gordo. Por la misma razón, Scott estaba decidido a atacar por la parte de Mexicalcingo –donde las líneas mexicanas no se lo pondrían fácil– aventurándose en una especie de operación anfibia que preveía el embarque en canoas y lanchas de la división de Worth, que en los últimos meses se había unido a él dejando el cuerpo de ejército de Taylor. El general Worth fue firme, arriesgándose a un proceso militar por obstinarse en discutir las órdenes. Consideraba que la idea de atravesar la laguna era como mínimo descabellada. Mientras en el Estado Mayor Scott perdía los estribos y Worth seguía defendiendo sus razones, el teniente coronel Duncan regresaba de una exploración anunciando que era posible avanzar desde el sur por vía terrestre. Scott, al final, accedió.

Mientras tanto, Santa Anna y sus generales seguían haciéndose ilusiones en que la conformación del terreno, los pantanos, las coladas volcánicas, y sobre todo, la estación de las lluvias, que hacía fangosa la vía de acceso entre el lago Chalco y las montañas, llevarían a excluir un ataque desde el sur. La befa fue que incluso los comandantes del cuerpo de ingenieros estadounidense se dieron cuenta de la validez de las líneas defensivas y de las fortificaciones del lado oriental. Una descomunal movilización completamente inútil, que vio a miles de soldados y voluntarios excavar trincheras y construir parapetos en vano.

Cuando finalmente fue informado de los desplazamientos del enemigo, Santa Anna –una vez superada la incredulidad inicial– estableció que la máxima defensa de la capital se dispusiese en San Ángel, donde las tropas de Scott estaban convergiendo. El 18 de agosto los soldados mexicanos observaban el avance del enemigo desde Lomas del Toro, las colinas que se alzan entre San Ángel y el pueblo de San Jerónimo. En la llanura sembrada de rocas de lava surgía el rancho de Padierna. Allí, desde hacía dos días, estaban estacionadas las tropas al mando del general Gabriel Valencia, llegado a toda prisa en defensa de la capital desde San Luis Potosí. El ir y venir de estafetas a caballo era incesante. Valencia mandó despachos a Santa Anna advirtiéndole de que si no retenían al ejército invasor en la localidad de Padierna, éste rodearía las colinas precipitándose a espaldas de Churubusco sin encontrar resistencia en San Ángel, desprovista de fortificaciones. Santa Anna le envió mensaje de que estuviera preparado para la retirada, a fin de unirse a su ejército y entablar contienda en la llanura de Churubusco con el doble de fuerzas en el campo de batalla. Valencia respondió que era una locura conceder tanta ventaja a los invasores. Santa Anna ordenó al Batallón de San Patricio cerrar filas en el puente de Churubusco reforzando las defensas con sacos de arena, asumiendo además el mando de las baterías situadas en los baluartes del convento. La tarde del 18 de agosto, Santa Anna envió a Valencia una orden perentoria: marchar hacia Coyoacán y llevar toda la artillería a Churubusco.

Pero el general Valencia, además de estar convencido de poder infligir al enemigo una derrota en un terreno que le era favorable, considerara una profunda aversión hacia Santa Anna. Que lo considerase un traidor o no en aquel momento poco importaba. Valencia saboreaba la victoria que habría oscurecido definitivamente al Generalísimo, decretando su triunfo.

Al alba del 19 de agosto comenzaron los primeros enfrentamientos entre la vanguardia estadounidense y las partidas de guerrilleros bajo el mando de Agustín Reyna, un veterano ya en aquel género de combates de «muerde y huye». Scott dividió sus fuerzas en dos: una columna marchó al frente de ataque, otra bordeó la colina de Zacatepec y, logrando hacer transitar a las baterías sobre El Pedregal, cogió de enfilada el flanco derecho de la formación mexicana. Valencia no perdió los ánimos, y seguro de su influencia sobre el ejército del norte, exhortó a los soldados a no ceder. Las líneas resistieron el impacto y contraatacaron. A mediodía, Valencia envió a los regimientos Guanajuato y Aguascalientes a entablar combate en el sector de San Jerónimo, para apoyar la carga de la caballería del general Torrejón. A las dos de la tarde la batalla arreciaba en toda la llanura de Padierna. Y los estadounidenses no avanzaban, sufriendo contraataques sin tregua. Además, la artillería comandada por el general Mendoza se revelaba letal, dado el terreno favorable en que maniobraban. Scott movió también las reservas y la retaguardia para romper aquellas líneas. Los mexicanos se retiraron en buen orden, estableciendo una nueva línea defensiva. Valencia tenía de su parte al menos una razón: podía contar con tropas compenetradas que habían desarrollado un espíritu de cuerpo en los largos meses transcurridos en el desierto, tropas formadas en su mayoría por veteranos y no por reclutas de última hora.

Poco antes del anochecer, las tropas de Scott lograron establecer una fortificación en San Jerónimo, punto estratégico gracias al bosque que ofrecía protección a los fusileros. Los dragones mexicanos se lanzaron a la carga guiados por el general Frontera intentando reconquistar la posición que, por un grave error táctico de Valencia, no había sido ocupada por la infantería. Bien apostados tras los troncos de los árboles, los fusileros norteamericanos causaron estragos en la caballería, y el propio Frontera cayó acribillado a balazos. En aquella situación crítica, cuando la suerte de la batalla parecía dar un vuelco, se oyeron los redobles de tambor de un regimiento a paso de marcha de asalto, fusiles apuntados y bayonetas caladas. Eran los hombres del general Pérez llegados para darles apoyo. Entre las filas mexicanas se alzaron gritos de ánimo, todos recuperaron el aliento y se lanzaron en descubierta convencidos de que por fin Santa Anna había tomado la decisión justa. Los infantes de Pérez no eran muchos, pero entre los estadounidenses se difundió la noticia de que el grueso de las tropas mexicanas estaba entrando en combate. Y eso marcó la diferencia. En pocos minutos, fue el contingente de Scott el que se encontró partido en dos, con el peligro de ver rodeadas sus posiciones sufriendo un ataque lateral y por la espalda.

En realidad, Santa Anna no había ordenado firmemente una intervención. Pérez se encontraba a poca distancia del corazón de la batalla y se le había «permitido» avanzar, sin ulteriores refuerzos. Pero eso bastó para alentar a los soldados, y Valencia aprovechó para lanzar un ataque sobre el rancho de Padierna. Aun diezmados por las descargas de fusilería, los mexicanos lo asaltaron a bayoneta.

Al caer la tarde, los combatientes de Valencia resistían y los de Scott comenzaban a desmoralizarse. No se esperaban semejante reacción de parte de un contingente inferior en número y medios. Mientras tanto, Santa Anna hacía que el Estado Mayor levantase acta exponiendo que el general Gabriel Valencia había entablado batalla por propia iniciativa y bajo su absoluta responsabilidad. Valencia le enviaba correos rogando que le mandase refuerzos inmediatamente, tropas frescas con las que contraatacar y vencer. Santa Anna ni siquiera le respondió. Durante la noche se desencadenó un aguacero. Los soldados mexicanos estaban cansados y empapados. La pólvora de los mosquetes, irremediablemente húmeda.

Al alba del 20 de agosto, tres divisiones estadounidenses fueron al asalto cubiertas por fuego de artillería y por un intenso lanzamiento de cohetes. Los mexicanos únicamente pudieron combatir con bayonetas y sables. Los soldados en primera línea apretaban el gatillo y sólo se oían chasquidos metálicos. Su suerte estaba echada. La gran paradoja de aquella guerra era que los invasores, incluso combatiendo en territorio hostil, disponían de una eficiente logística, reemplazos, provisiones y equipamientos adecuados para proteger la pólvora de la lluvia o para recibirla seca desde las retaguardias. Los mexicanos, que defendían la propia tierra, no tenían suficientes armas ni municiones, y a menudo padecían hambre y sed.

Santa Anna observaba la derrota desde la terraza de una suntuosa mansión colonial de San Ángel, la Casa del Risco, y preparaba la orden de arresto para el general Valencia.

Después de la absurda derrota de Padierna, el dilema entre ineptitud, capricho o traición se inclinará hacia esta última convicción. En el Congreso de Ciudad de México, el diputado Ramón Gamboa hizo una durísima intervención acusando a Antonio López de Santa Anna de alta traición y de haber actuado en beneficio de los invasores. Otras voces se alzaron en defensa del general presidente, sosteniendo que toda la culpa era de Valencia por haber desobedecido las órdenes. Mientras ellos discutían acaloradamente insultándose, la capital se preparaba para vivir los días más trágicos y humillantes de su historia. Y no pocos llamaban «nuevos conquistadores» a los militares estadounidenses. Porque la suya era a aquellas alturas una guerra de conquista, tres siglos y medio más tarde de la que había decretado el fin de la civilización azteca.

14

En el templo del dios de la guerra

Churubusco era el nombre de un pequeño río que discurría a poca distancia del convento al que había dado nombre. Todos lo llamaban así aunque estaba dedicado a Nuestra Señora de los Ángeles y comprendía la iglesia de San Mateo. Se trataba de la enésima distorsión legada por los conquistadores españoles, en este caso bastante fantasiosa puesto que en origen, para los aztecas, había sido Huitzilopochco, «lugar del templo de Huitzilopochtli», dios de la Guerra y del Sol.

La mañana del 20 de agosto de 1847, los campos de maíz de alrededor eran un hervidero de soldados y civiles que, escapando hacia la capital, dificultaban el paso de carros y afustes de artillería. Durante la noche, Santa Anna había ordenado al general Pérez tomar posición con dos mil hombres de infantería y algún cañón sobre el puente por el que las tropas estadounidenses habrían de pasar a la fuerza. Usando las márgenes como parapetos, los soldados mexicanos se preparaban para frenar el avance, que después de Padierna se había convertido en una marcha de pelotones dispersos que disparaban por la espalda a los vencidos del general Valencia en fuga. Mientras, los generales Pedro María Anaya y Manuel Rincón disponían de casi mil doscientos hombres para defender el convento, abandonado deprisa y corriendo por los curas. Se trataba en su mayoría de voluntarios que se habían alistado en la Guardia Nacional formando dos batallones, Bravos e Independencia. Scott, animado por la victoria de Padierna, se disponía a desencadenar el ataque al último reducto mexicano con casi nueve mil hombres.

El comportamiento de Santa Anna daba a entender que quería tener a su lado a las mejores tropas, confiando la defensa de Churubusco a estudiantes, artesanos, empleados estatales y muchos jovencísimos hijos del pueblo llegados a los cuarteles pocos días antes, gente que a duras penas había aprendido a cargar un fusil y a apuntar a un blanco contra un muro. Como si diese por perdida aquella batalla, sacrificando a los menos expertos de los suyos. En cambio, en aquel desesperado intento para bloquear a los invasores se jugaba la toma de Ciudad de México. Tal vez, más allá de sus cálculos, Santa Anna se preparaba simplemente para un tratado de paz, convencido de que no había nada que salvar salvo su propio futuro político; de hecho, en aquel momento se encontraba tres kilómetros más al norte. Los únicos veteranos que se alinearon con aquellos hombres y muchachos destinados a ser carne de cañón fueron los del San Patricio. Para el Generalísimo estaba bien así: civiles armados y extranjeros, mezclados con exiguas tropas de línea y algún soldado de Valencia que había mantenido a la espalda su mosquete en lugar de dispersarse por los campos fangosos.

Aún no había despuntado el sol, cuando John Riley y los suyos ya habían coordinado los febriles trabajos de fortificación del puente y excavado trincheras a lo largo de las márgenes del río Churubusco, junto a los dos mil soldados comandados por el general Pérez. Había seis piezas de artillería; los irlandeses las colocaron de modo que cubriesen el frente y los flancos. Se alinearon una vez pasado el puente, con el curso del río a la espalda, más allá del cual los voluntarios habían excavado hoyos y fosos usando la tierra movida como parapeto desde el cual disparar. El Batallón de San Patricio comprendía dos compañías, poco más de doscientos hombres en total.

A las siete de la mañana asomó la vanguardia del general Worth. Salían de entre los árboles, avanzaban con cautela mientras los oficiales observaban con los catalejos el convento y el río. Worth fue informado de que los mexicanos habían establecido una cabeza de puente en Churubusco y disponían de cañones, aunque desde allá abajo era imposible saber cuántas fuerzas habían reunido. Despliegue de combate: un primer regimiento de infantería se puso en marcha, fusiles encarados. Un segundo regimiento lo seguía a corta distancia. Afustes tirados por caballos recorrían veloces los flancos, las baterías del 3er Regimiento de Artillería tomaron posición a la izquierda, el segundo a la derecha; los comandaba el coronel Duncan. John Riley ordenaba, recomendaba, suplicaba a los voluntarios que no disparasen hasta que los enemigos estuviesen a pocos metros. Sabía que su mira era pésima; sabía que sus mosquetes tenían un alcance corto.

El sol iluminó la llanura creando un fuerte contraste con las grandes nubes negras que se habían hecho jirones. La estación de las lluvias había convertido las milpas, los campos de maíz, en lodazales que frenaban el avance del enemigo. Huitzilopochtli estaba intentando echar una mano a sus desventurados hijos.

—Mejor así, cuanto más inundado esté el terreno, más difícil les resultará echarnos la caballería encima —dijo Patrick Dalton.

Riley no respondió, estaba mirando fijamente algo situado a un centenar de metros por delante de sus posiciones, entre dos campos de cultivo bordeados por agaves gigantes, prácticamente en el centro de la pista de tierra por la que llegaban a paso de marcha dos columnas de voluntarios: los fusileros de Carolina del Sur y de Nueva York armados con carabinas Kentucky, con las que abrirían fuego de allí a pocos minutos, mucho antes de estar al alcance de los viejos Brown Bess del San Patricio.

Siguió escrutando; parecían dos carros...

—*Téigh ag an diabhal*! —exclamó James Kelley—. Tienen toda la pinta de ser nuestras municiones de reserva.

Y pasó el catalejo a Riley. Sí, eran dos carros militares. En la confusión de la noche, entre civiles y frailes que huían de Churubusco y el ir y venir de soldados y provisiones para el convento fortificado, algún estúpido los había dejado empantanados allí.

—Si parto con ocho caballos conseguiré engancharlos y traerlos aquí —dijo Paddy.

—Olvídalo; serían miles afinando su puntería y ni siquiera llegarías a rozarlos —respondió categórico Riley.

En aquel momento retumbaron salvas de artillería, una tras otra en rápida sucesión. Las balas de grueso calibre surcaron el aire emitiendo un rugido sordo y prolongado; luego, las explosiones levantaron erupciones de tierra y fango en la llanura que los separaba de los carros. Sólo un par cayeron cerca del puente, sin causar daños. Cuando el viento dispersó el humo, detrás de aquellos dos malditos carros había un hormiguero de uniformes azules. Partieron las primeras descargas de fusilería.

—¡Agachénse! —gritó Riley.

Las balas de los Kentucky llovieron sobre las líneas defensivas como una granizada. Alguna rebotó en el bronce de los cañones mientras la piedra vieja del puente se resquebrajaba despidiendo chispas; pocas alcanzaron el blanco. Un joven soldado mexicano que había asomado por el parapeto se desplomó hacia atrás con la cabeza partida en dos. No transcurrió ni siquiera un minuto cuando llegó una segunda descarga, más intensa que la primera: eran los Springfield de la infantería regular.

—¡No disparen! ¡Manténganse a cubierto! —continuaba desgañitándose Riley, con los otros irlandeses que se prodigaban en contener a los jóvenes reclutas del general Pérez—. ¡Fuego de artillería al caer! ¡A los fosos!

La andanada barrió esta vez los terraplenes y las deflagraciones sacudieron el terreno ante ellos. Eran rápidos desplazando las piezas, pensó Riley. Se quitó el barro de la cara y volvió a salir de la zanja para hacer la señal a Kelley y Dalton de que corriesen hasta las baterías.

Lograron hacer coincidir el centro de los dos carros, luego tuvieron que echarse a tierra antes de que otra descarga de fusilería les agarrara de enfilada. Hubo algunos muertos y heridos entre los del San Patricio, pero inmediatamente después se precipitaron con los botafuegos encendidos sobre las espoletas, y los cañones mexicanos respondieron. Uno de los dos carros fue alcanzado de lleno e hizo explotar el otro también. Una inmensa erupción de fuego, seguida de una nube gris, y todos los soldados que se habían apostado detrás y alrededor acabaron descuartizados. Por si fuera poco, habían colocado una batería de cohetes justo allí, sin darse cuenta de lo que contenían aquellos dos carros. Más explosiones en cadena, con estelas blancas hacia el cielo en todas direcciones.

—Buena jugada, mayor Riley —lo felicitó el general Pérez.

Los gritos de júbilo duraron poco. Toda la división de Worth avanzaba a paso de carga y gritaban como posesos.

Detrás, se estaba alineando también la de Twiggs, preparada para entrar en combate.

—Madre Santa —murmuró un soldado mexicano con manos callosas de campesino—, ¡eran menos las langostas que nos invadieron el año pasado!

Riley y los suyos cargaron las piezas con destreza y rapidez, y la segunda salva abrió una brecha en las primeras filas de los atacantes.

En el frente opuesto, el general Scott había llegado al teatro de las operaciones con la retaguardia de Twiggs y ahora observaba la escena acompañado por su Estado Mayor.

—Tienen sólo seis cañones viejos y nos están haciendo *esto*—masculló cerrando de golpe el catalejo telescópico.

—¿De dónde salieron esos malditos artilleros mexicanos?

—Son irlandeses, señor.

Scott se giró para ver quién había hablado.

—Ah, capitán Cohen... ¿quiere decir que se trata aún de aquellos desertores bastardos? ¿Pero no habíamos acabado con todos ellos entre Buena Vista y Cerro Gordo?

—No con todos, por lo que parece.

El comandante en jefe del ejército invasor miró de reojo al capitán Cohen.

—Me han informado de que usted conocía a algunos.

—Conozco a quien está al mando: John Riley. Uno de los mejores oficiales de artillería que hayamos tenido en nuestro ejército.

Scott escupió un grumo de tabaco masticado y volvió a clavar sus ojos en los de Cohen.

—Si era un gran oficial, ¿por qué diablos se ha pasado al bando de ese payaso de Santa Anna? ¿Qué le habrá prometido a cambio? ¿*Señoritas* y pesos de oro?

Los otros oficiales rieron. Cohen permaneció muy serio:

—Dudo que haya sido atraído por Santa Anna o por recompensas, Riley no es un mercenario.

—Riley es un traidor, y acabará como merece —cortó en seco el general.

Luego, dio instrucciones a Twiggs:

—Haga avanzar a su división por el flanco sur. Mientras las tropas de Worth atacan el centro usted rodee aquella especie de fortaleza y espere mis órdenes. Ahora tenemos que tomar ese puente.

La infantería de Worth estaba ya a pocos metros del puente y de los parapetos situados a lo largo del río. Oficiales mexicanos e irlandeses seguían conteniendo a los soldados, que estaban comenzando a perder los nervios. Cuando los gritos de los asaltantes se hicieron ensordecedores, Pérez y Riley alzaron y bajaron los sables de golpe. Un millar de mosquetes dispararon al unísono, cubriendo de humo toda la línea de combate. Los cañones del San Patricio, cargados de metralla, vomitaron municiones, clavos y grava. Entre la niebla de pólvora los gritos habían pasado de la exaltación al dolor. Aún no se había despejado la cortina de humo, cuando la segunda fila abrió fuego. Las dos compañías del San Patricio actuaban con impecable sincronía: se alternaban entre quien apuntaba y quien, inmediatamente a sus espaldas, recargaba manteniéndose a cubierto; una fila abría fuego, retrocedía, otra tomaba su puesto, y así una y otra vez, hasta que el frente de ataque disgregado cedió y los estadounidenses se retiraron desordenadamente. De inmediato, los artilleros cargaron balas explosivas e hicieron de nuevo estragos entre el grueso de los fugitivos.

Scott observaba atónito. El general Worth llegó jadeante, tiró bruscamente las riendas del caballo y dijo:

—La resistencia defensiva es mayor de lo que pensaba.

—Deje usted de pensar y lleve a sus hombres hasta aquel jodido puente —fue la orden seca de Scott.

El general Worth saludó y partió de nuevo, mascullando maldiciones entre dientes.

Scott se dirigió a un ordenanza:

—Diga al general Twiggs que se una a las tropas de Worth; tenemos que romper esas líneas a cualquier precio antes de sufrir demasiadas pérdidas.

Pero también la segunda carga fue desbaratada por el fuego de los defensores. Contrariamente a los temores iniciales, los reclutas mexicanos habían resistido la embestida y ninguno se había dejado llevar por el pánico. Luego, cuando se les vino encima una avalancha de al menos seis mil hombres que disparaban y avanzaban sin tregua, tanto Pérez como Riley aceptaron la inexorable realidad: tenían que retirarse en buen orden para unirse al grueso de los defensores del convento.

Entre los muros de Churubusco había mil quinientos voluntarios de la Guardia Nacional al mando de los generales Manuel Rincón y Pedro María Anaya. Los siete cañones en los baluartes disparaban contra las tropas norteamericanas, pero muy pronto el coronel Duncan logró colocar algunas baterías lo suficientemente cerca como para alcanzar las líneas defensivas del río Churubusco y de los alrededores del puente. El golpe decisivo lo dio el contingente del general Shields, que con una maniobra lateral se deslizó a lo largo del lecho del río y consiguió unirse al 8.º Regimiento de Infantería de Worth. A aquellas alturas se había hecho imposible mantener el enfrentamiento en campo abierto. El despliegue mexicano estaba partido en dos y diversos sectores comenzaron a dispersarse por los campos. Las dos compañías del San Patricio se replegaron manteniendo en alto la bandera verde del batallón, cubriéndose mutuamente con el fuego alterno de los fusiles. Pero no fue posible llevarse los cañones. Cuando estuvieron de espaldas al portón, Riley vio aparecer de repente de entre el denso humo que envolvía el puente, la ágil figura del italiano Ciro. Empuñaba una *long carabine* arrebatada al enemigo y corría a más no poder. Inmediatamente después aparecieron sus perseguidores, una docena de soldados que se encontraron de pronto a descubierto. Desde las troneras del convento abrieron fuego abatiendo a algunos, mientras los otros regresaban rápidamente al lugar de donde habían salido. Ciro, sin aliento, mostró un morral con la incisión «*South Carolina Volunteers*»: había conseguido también algunas municiones. Riley le dio una palmada en la espalda y esperó a que todos los hombres hubiesen superado el umbral antes de entrar él también.

Eran las once de la mañana. Combatían desde hacía cuatro horas ininterrumpidamente. Una vez dentro, se dividieron las posiciones: los del San Patricio se dispusieron en los baluartes de la fachada; en los otros tres lados, los voluntarios de los batallones Bravos e Independencia. Los cañones pasaron a los irlandeses, y cuando los atacantes se reunieron para asaltar el convento, las descargas de metralla y de fusilería los acribillaron. Ciro, apostado en lo alto de la torre del campanario, alcanzó en el pecho al oficial que guiaba la avanzada. No esperándose una resistencia tan encarnizada ni aquel fuego mortífero, las tropas norteamericanas se encontraron en el caos: coroneles y capitanes que gritaban que continuaran, para luego caer heridos o muertos, soldados que escapaban en direcciones opuestas, humo y gritos y sangre, todo ello entre los agaves que salpicaban la explanada y laceraban los uniformes de cuantos se lanzaban a resguardarse bajo sus grandes hojas carnosas y plagadas de púas.

Los generales Worth, Twiggs y Shields decidieron aplazar el asalto decisivo para reunir a las fuerzas y restablecer el orden en el campo de batalla. Scott, en cambio, a la debida distancia, no entendía por qué llevaba tanto tiempo acabar con aquella pandilla de *greasers*. En el grupo de oficiales que lo acompañaba, el capitán Cohen tomó la iniciativa y osó decir lo que pensaba:

—A mi entender, es un error táctico atacar ese convento fortificado.

Scott lo miró como si fuera un enorme insecto repelente.

—Bien, oigamos el parecer de West Point —estalló el corpulento militar que había hecho carrera en el Ejército matando indios, hijo de terratenientes esclavistas de Virginia.

—General, podríamos bordearlo y proseguir. Ciudad de México está a pocas millas, ¿por qué empecinarse con ese reducto sufriendo graves pérdidas?

Scott resopló por la nariz como un toro enfurecido.

—Capitán, ¿es esto lo que le han enseñado en la Academia? Allí dentro habrá al menos mil bastardos que esta noche vendrían a atacarnos por la espalda, uniéndose a la guerrilla que ya nos está causando no pocos problemas. —Tomó aliento y agitó el índice amenazador—: Pero sobre todo, están esas ratas de alcantarilla irlandesas y, como que hay Dios, yo los haré salir de su agujero. Ni uno solo debe escapar al castigo. —Luego se dirigió a un ordenanza—: Acompañe al capitán Cohen hasta el general Twiggs, y asegúrese de que le confía una unidad de asalto para que pueda cubrirse de gloria.

El tono era sarcástico, y Cohen remachó:

—Se lo agradezco, es lo mismo que me dijo el general Taylor al enviarme aquí.

Scott sonrió malicioso.

—¿Y qué tal le va a mi viejo amigo Zack?

—Bien. En Saltillo hay un buen clima para sus reumas.

Esta vez el general estalló en carcajadas.

—Me lo imagino. Con la ambición política que lo devora, a estas alturas odiará a los mexicanos incluso más que yo.

—De hecho no ve la hora de volver a casa.

Scott se puso serio de nuevo:

—No, a casa no. Yo diría a la Casa Blanca. y tiene todos los requisitos para suceder a Polk: los nordistas lo estiman por sus éxitos militares; los sudistas lo aman porque posee un buen número de esclavos. El candidato ideal, a gusto de todos.

—¿Puedo marcharme?

—Quítese de mi vista.

—Sí, eso me dijo también el general Taylor la última vez que nos vimos.

En el convento de Churubusco, hacia mediodía se había instaurado una breve tregua. Los atacantes estaban recomponiendo las filas dispersas por la obstinada resistencia de los defensores, y estos aprovecharon para distribuir las escasas municiones.

John Riley hizo rotar el tambor de su Colt Paterson, que llevaba consigo desde el día de la deserción. Le quedaban las últimas cinco balas. No era fácil conseguir balas del calibre 36 en el ejército mexicano. Patrick Dalton hizo lo mismo con el suyo: tres balas.

—Pero dispararé sólo dos —dijo Paddy con una sonrisa melancólica.

—Tú y yo tenemos un pacto —dijo Riley.

—¡No seas egoísta! Si tengo que pegarte un tiro en la cabeza también a ti, me queda sólo un tiro para cargarme al último *mac striopaich* que asome por ese muro.

—Yo también reservaré el último para mí, pero... ¿quién sabe?, podría quedar herido y necesitar de tu *amistad*.

—De acuerdo —asintió Paddy dándole un apretón en el brazo—, iremos juntos al infierno, así organizaremos un jaleo también allí.

—Con la suerte que tenemos, resultará que el diablo es tejano.

Paddy fingió estremecerse, y luego añadió:

—También podría ser irlandés, siempre acabamos haciendo los peores trabajos.

Se separaron para coordinar el transporte de pólvora y balas de cañón a las posiciones de las murallas. Riley conversó brevemente con el general Rincón, que señaló a alguno de sus hombres, los que se habían revelado como excelentes tiradores. Riley aconsejó enviarlos a la torre del campanario con el italiano Ciro, pidiéndoles que ahorraran municiones y que dispararan sólo a los asaltantes que lograran superar la primera línea defensiva.

Antes de volver al adarve y a los emplazamientos de las baterías, Riley y Dalton oyeron que alguien los llamaba. Era James Kelley, que desde la puerta del almacén les hacía un gesto para que entrasen; una vez dentro, Kelley les mostró una garrafa con dos dedos de *whisky* y tres tazas de barro.

—¡Lo he guardado para el último *drowning the shamrock*!

Paddy sacudió la cabeza sorprendido, y puntualizó:

—Faltan los tréboles.

Kelley, con una sonrisa triunfante, se quitó la gorra y sacó tres arrugados tréboles:

—Los he cogido esta mañana al alba, en las orillas del río. —*Drowning the shamrock* era un antiguo ritual irlandés: se metía el trébol en el vaso, se brindaba, y una vez bebido, se sacaba de la boca para lanzarlo hacia atrás por el lado izquierdo de la espalda. Daba suerte...

Y así hicieron los tres. Al final, el comentario de Paddy fue:

—No está mal. Sabía a tintura de yodo, pero con un poco de imaginación me ha recordado la taberna del viejo Malcolm, que largaba el mejor garrafón del condado destilado en su casa. En cuanto a la fortuna... sólo pido morir rápido y sin dejarme piezas en la mesa del cirujano.

—*Ádh mór ort!* —concluyó Riley.

Algo más tarde, observaban el despliegue de tropas en la llanura. La división de Twiggs sustituía a la de Worth en el frente de ataque, soldados más frescos y menos aterrorizados por el revés que acababan de recibir sus compañeros de armas aquella misma mañana.

El capitán Aaron Cohen había bajado del caballo y tomado posiciones a la cabeza de una compañía. Cuando desde los muros del convento fortificado llegó el sonido melancólico de una gaita, reconoció las notas de *Amazing Grace*. Miró la bandera verde con el lema en oro, *Erin Go Bragh*, que ondeaba en lo alto de un bastión. Y se quitó la gorra.

Aquel gesto fue imitado por varios soldados. Algunos, tal vez, eran de origen irlandés o escocés. Otros lo hicieron simplemente por el respeto hacia un enemigo valeroso. El general Twiggs ordenó reprimir aquel comportamiento. Oficiales con el sable desenvainado distribuyeron espaldarazos entre los soldados con la cabeza descubierta, y los que reaccionaron con rabia fueron arrestados. El capitán Cohen se puso de nuevo la gorra, resignándose a cubrirse de infamia.

Los toques de trompeta y los tambores propagaron la orden de avanzar cerrando filas, seguidas inmediatamente por el fragor de la artillería. De los muros del convento de Churubusco se desprendieron piedras y cascotes, pero la construcción era tan sólida que resistió los impactos. Los del

San Patricio maniobraban sus piezas con fría determinación a pesar de las balas de todos los calibres que volaban a su alrededor. Comenzó así un duelo de artillería sin un instante de tregua. A cada salva de los atacantes respondían los siete cañones de Churubusco, y tras más de una hora de deflagraciones el coronel Duncan ordenó la retirada de sus baterías: había perdido veinticuatro hombres entre oficiales y servidores, más catorce caballos que arrastraban los afustes.

Los irlandeses estaban exultantes, pero era la enésima victoria efímera. Mientras tanto, miles de soldados de infantería habían conseguido alcanzar la muralla, a pesar de sufrir graves pérdidas. Los voluntarios mexicanos de la Guardia Nacional combatían con un valor y una disciplina inesperados, y desde la torre del campanario los tiradores escogidos daban en el blanco uno tras otro, pero... justo cuando los defensores comenzaban a creer que podían rechazarlos por enésima vez, un estruendo en el interior del convento congeló los ánimos. Fue como si la escena se paralizara. Todos se giraron a mirar la enorme voluta de humo blanco que se elevaba en el punto en que estaba el depósito de municiones. Eran las últimas reservas que quedaban. Con toda probabilidad no había sido un disparo de mortero de los estadounidenses, sino una chispa despedida quién sabe cómo, y con la pólvora esparcida por el suelo por la prisa de los soldados encargados de abastecer a las primeras líneas, la llamarada había desencadenado un infierno. Con aquel humo, se esfumaba la esperanza de resistir.

Patrick Dalton intercambió una mirada con James Kelley. El primero sacudió la cabeza, el segundo se encogió de hombros. *Ádh mór ort*, pensó Paddy, buena suerte, ¡caramba! Nunca el ritual del *drowning the shamrock* había sido tan desastroso.

Riley no tenía tiempo para lamentos. Inspeccionó uno a uno los cañones de las baterías, y no sólo uno sino dos estaban fuera de uso –hendiduras en el bronce de las bocas amenazaban con hacerlos explotar en la cara de los servidores–. Quedaban cinco. Pero sin pólvora de reserva pronto dispararían la última salva.

Fue corriendo hasta el general Anaya, que coordinaba la logística desde el interior del convento, mientras el general Rincón conducía la resistencia desde los baluartes. Riley quería saber si las estafetas enviadas a Santa Anna habían surtido algún efecto, pero antes de llegar al cuartel general se topó con un grupo de soldados que sostenían a Anaya por las axilas. Lo estaban llevando a la enfermería dispuesta en el interior de la iglesia. Anaya gesticulaba agitado, tenía el rostro ensangrentado, y se había quedado ciego por las explosiones del polvorín. Uno de los soldados profirió una tremenda blasfemia: «¡Dios es yanqui!».

15

En el carro de la desesperación

Consuelo cabalgaba al galope entre campos de maíz, caña de azúcar y magueyes omnipresentes, el agave gigante al que hasta aquel momento le debía la vida. Virando continuamente con golpes de talón precisos y tirones de riendas había conseguido ocultarse de la retaguardia norteamericana. Había evitado el sendero de Peña Pobre, donde temía encontrar patrullas enemigas; de hecho, se encontraba a espaldas del ejército invasor y dudaba que hubiesen dejado atrás contingentes importantes. Todas las tropas habían ido a la batalla de Churubusco.

Cuando por fin pasó bajo el arco de piedra de la antigua hacienda en ruinas, irrumpió en el gran patio entre maleza y enredaderas que habían devorado los muros del edificio principal. Hizo encabritar al caballo, que lanzó un relincho.

De entre la tupida vegetación asomó primero la boca de un fusil, y luego un rostro amigo:

—¡Consuelo!, ¿qué diablos haces aquí?

—Hola, Ceferino. Busco a don Agustín, ¿está aquí?

El guerrillero asintió. Consuelo lanzó un suspiro de alivio. Quería estallar en lágrimas, pero supo contenerse.

Bajó del caballo, ató las riendas a un árbol y siguió a Ceferino por una maraña de construcciones semiderruidas, hasta aparecer en un espacio al aire libre rodeado de matorrales y escombros.

Contra un muro ennegrecido por el moho y el polvo de los siglos, había un hombre con una venda sobre los ojos. Temblaba y murmuraba algo entre dientes, quizá una tardía plegaria.

—¿Cuando violabas a aquellas niñas qué hacías? ¿Reías? Bueno, ¡pues ahora deja de suplicar y muere como el cobarde que eres!

Era la voz inconfundible de Agustín Reyna, comandante de la guerrilla al sur de Ciudad de México. Se cubría la espesa cabellera con un gran pañuelo oscuro, lo que lo hacía parecerse aún más a José María Morelos, uno de los legendarios artífices de la independencia mexicana. En el cinturón alrededor del vientre llevaba alojadas tres pistolas y vestía la típica ropa de cuero de los rancheros, con chaparreras hasta los muslos y botas hasta la rodilla.

El pelotón de ejecución se componía de cinco hombres, que estaban apuntando cuando se percataron de Consuelo. Don Agustín se sorprendió al verla e interrumpió el fusilamiento para abrazarla. Ella señaló al desgraciado:

—¿Tienes tiempo que perder en semejantes ceremonias? Allá abajo los nuestros están muriendo, ¿y ustedes se arriesgan a que los encuentren mientras fusilan a pelagatos?

Don Agustín se mostró afligido:

—Querida, ¿pero has visto de quién se trata?

Ella miró al hombre contra el muro, que ahora trataba de esconder el rostro bajándolo hacia el pecho. Don Agustín lo agarró por el pelo y le echó la cabeza hacia atrás.

En aquel momento Consuelo lo reconoció.

Era uno de los cabecillas de las bandas de criminales comunes liberados por los invasores para hacer de espías y de contraguerrilla, que evitaban cuidadosamente enfrentarse con los hombres de Reyna, pero que se prodigaban violando adolescentes y saqueando las casas de los patriotas después de haberlos vendido a los yanquis. Aquel tipo en particular había encabezado una de las empresas más crueles: la matanza de una familia entera, uno de cuyos hijos se había unido a la resistencia. Había sido violada incluso una niña de diez años. Para matarlos, los habían atado en la misma habitación y lanzado después un quinqué. Los habían quemado vivos.

—¿Y en este gusano quieres malgastar tanta munición?

Don Agustín se justificó:

—Me gusta hacer las cosas según las reglas, pero tienes razón, basta un tiro en la cabeza. —Y sacó una de las tres pistolas del cinturón. Sin embargo, antes de ajusticiarlo, cambió de idea. Miró a Consuelo y le hizo una señal, una explícita invitación...

Ella le cogió la pistola de la mano y dio tres pasos rápidos hacia delante.

—En memoria de mi hermano —dijo, y alzó el percutor. El fogonazo envolvió la cabeza del mercenario, que rebotó contra el muro y cayó de golpe.

Los cinco hombres del pelotón asintieron en señal de gran estima y respeto.

—¿Ahora podemos hablar?

Don Agustín escuchó sin parpadear. Consuelo explicó que los defensores de Churubusco no habían recibido refuerzos ni municiones. Ella se encontraba en el cuartel general de Santa Anna cuando había llegado la estafeta con la petición de pólvora y balas de mosquete, pero el carro que el Generalísimo se había decidido por fin a enviar había sido avistado por exploradores yanquis, probablemente voluntarios de las milicias. Estos, después de haber abatido a los tres soldados del carro, se habían desinteresado completamente creyendo haber acabado con todos. Pero uno estaba todavía vivo, aunque herido gravemente, y había llevado el carro de municiones hasta una plantación de caña de azúcar, donde ahora yacía.

—¿Y tú cómo sabes dónde está? —preguntó don Agustín, intuyendo la verdad.

—Yo... bueno, lo estaba siguiendo a cierta distancia.

—¡Ay, Consuelo! ¿Se te ha metido en la cabeza llegar al convento asediado? ¡Qué locura! ¡Por qué desperdiciar la vida así, mujer! Todo está perdido ya, lo único que podemos hacer es reorganizarnos y atacarles como guerrilleros. El ejército está a la desbandada y Santa Anna no ve la hora de firmar la rendición.

Ella le sostuvo la mirada, sin decir nada.

Don Agustín agitó las manos, desconsolado:

—Lo sé, lo sé, en Churubusco está ese irlandés... Nada peor que mezclar amor y guerra. —Y se dio un golpe en el pecho con el puño—. Amar a un hombre valiente en estos tiempos acarrea sólo lágrimas.

Aquellas palabras le llegaron al corazón. Tragó saliva, y una vez más contuvo el llanto con dificultad.

Él la rodeó con un brazo y bajó la voz:

—*Ta* bien, Chelo, de acuerdo. —Cuando usaba aquel diminutivo, quería decir que se resignaba a ceder a sus peticiones—. Vamos por ese maldito carro de municiones.

Ella lo abrazó en un arrebato y don Agustín alzó el índice en señal de amonestación irrefutable:

—Pero exijo un pacto: intentaremos llevar ese carro tras los muros de Churubusco, y yo dirigiré una partida que distraerá a los asediadores. Tú has de jurarme que no nos seguirás. ¿Hecho?

Consuelo le miró fijamente a los ojos durante largo tiempo, antes de decidirse a hacer un gesto afirmativo con la cabeza.

—¡Calixto! ¡Reúne a los hombres! —Luego, cuando vio a las mujeres de su grupo guerrillero armadas hasta los dientes que montaban a caballo, añadió—: y a las mujeres también, por supuesto.

El día soleado había secado el barro de los caminos y el escuadrón montado de Agustín Reyna pudo alcanzar a galope tendido la plantación de caña de azúcar. Encontraron al joven soldado en el pescante, muerto, desangrado. Estaba acurrucado de lado, como un niño adormecido. No había tiempo para enterrarlo. También dos de los cuatro caballos estaban heridos y los sustituyeron por los que llevaban de reserva. Uno de los rancheros de Reyna subió y cogió las riendas. Reyna impartió órdenes secas y concisas: se trataba de recorrer una senda entre los campos de agaves y nopaleras, dando un rodeo que les conduciría a espaldas de Churubusco. Una vez llegados a campo abierto, atacarían la retaguardia de los invasores para distraer su atención del carro. «Suerte, compañeras y compañeros», fueron sus últimas palabras antes de espolear los caballos.

Consuelo, respetando el pacto, se quedó allí, viéndoles partir al encuentro de la muerte inclinados sobre el cuello de sus monturas, para que no los avistasen. Luego puso a su caballo al trote, dirigiéndose hacia Iztapalapa, la periferia sudoriental de Ciudad de México.

Los guerrilleros de Reyna conocían perfectamente la zona y sabían cómo rodear a las tropas enemigas quedando al abrigo de las plantaciones. Algunos estaban armados con lanzas, los fusiles eran en su mayoría viejos Baker arrebatados a los españoles de la frustrada expedición del general Barradas en 1829, y todos disponían de varias pistolas, revólveres Colt Paterson y alguna que otra Walker. Pero su fuerza consistía sobre todo en una total complicidad con el propio caballo. Lograban incluso recargar al galope con las riendas entre los dientes. En los enfrentamientos a corta distancia, la gran cantidad de disparos de los guerrilleros de Reyna se debía a los tres o cuatro tambores de revólver de cinco o seis balas que llevaban en las bandoleras. Los sustituían en pocos segundos y volvían a disparar.

Fue así como irrumpieron en la retaguardia de las tropas de Worth, sobre las unidades que se estaban tomando media hora de descanso antes de unirse al ataque guiado por Twiggs y Shields. Desencadenaron un pandemonio: los soldados corrían a buscar refugio, cogidos por sorpresa por una turba de hombres y mujeres endemoniados que disparaban y gritaban. Los lanceros clavaban a diestra y siniestra, los pistoletazos sembraban el caos, sables y machetes abrían cabezas... Cuando todo acabó, con los guerrilleros que desaparecían entre agaves y nopaleras, nadie se dio cuenta de un carro que había pasado a una cierta distancia de la barahúnda en dirección al portón posterior del convento de Churubusco.

Cuando un oficial estadounidense lanzó la alarma, estaba lo suficientemente lejos como para que no pudieran alcanzarlo. Un grupo de artilleros se apresuró a posicionar un cañón...

Desde los baluartes, John Riley seguía la acción sin entender lo que estaba ocurriendo. Cuando vio el carro arrastrado por cuatro caballos fustigados desesperadamente por el hombre sobre el pescante, hizo colocar inmediatamente uno de los cinco cañones todavía íntegros en aquel lado de la muralla. La batería enemiga lanzó un primer disparo que explotó a unos treinta metros del carro. Dio un bandazo, por un momento pareció volcar, pero luego se enderezó y prosiguió. Riley afinó el alza y abrió fuego. La bala explotó ante la batería estadounidense: no provocó daños, pero durante unos instantes el humo y la lluvia de esquirlas y tierra impidieron a los servidores intentar un segundo disparo. Y el carro entró en Churubusco por el portón posterior entre los gritos de alegría de los asediados.

16

Aquí no se rinde nadie

Para recargar los fusiles se usaban pequeños cilindros de papel prensado: se arrancaba con los dientes un extremo y se vertía la carga de pólvora dosificada para aquel calibre; en el fondo estaba la bala. Aunque llevaban provisiones en un morral colgado de la cartuchera o del cinturón, a aquellas alturas todos las habían agotado. Cuando el primer soldado mexicano realizó dicha operación, cogiendo un cartucho de pólvora de una de las cajas del carro, observó atónito cómo la bala permanecía en equilibrio sobre la boca del mosquete. Riley tuvo un mal presentimiento. Se le anticipó el teniente Barry Fitzgerald, encargado de la distribución de las municiones en la 2.ª Compañía. Movió las cajas, abrió algunas, leyó las indicaciones grabadas en las demás y sacudió la cabeza:

—Son todas del calibre 75.

Los mosquetes que tenían en dotación los voluntarios de la Guardia Nacional eran Baker, de calibre inferior; e incluso quien disponía de un Brown Bess lo tenía en la versión del 72, armas compradas por los emisarios de Santa Anna a través de traficantes en Guatemala. Las balas del 75 no entraban. Riley miró a Barry Fitzgerald a los ojos, y éste asintió:

—Exactamente. Sólo nos sirven a nosotros.

El Batallón de San Patricio, unidad de élite del ejército mexicano, tenía en dotación desde hacía tiempo el mosquete Brown Bess de mayor calibre, es decir, el 75. Esto significaba que eran los únicos que podían continuar la resistencia.

No se quedaron allí a maldecir su suerte. Barry llamó inmediatamente a los hombres de su unidad y dio órdenes para distribuir las cajas entre los baluartes y aspilleras, y en ese momento ocurrió algo que hizo encoger el corazón a los veteranos del San Patricio: los soldados mexicanos se pusieron a buscar alrededor del patio del convento, entre los matorrales, bajo los árboles... revolvían en la grava buscando guijarros lo bastante esféricos como para poder usarlos a modo de proyectiles. Aún les quedaba pólvora, pero no balas.

—¿Por qué? —se preguntó Paddy, como si hablara solo, observando aquella escena desoladora—. Bastaba con que Santa Anna nos hubiera provisto de municiones, habríamos podido rechazarlos durante días y semanas...

—Quizá eso es lo que quiere —respondió Riley—. Acabar cuanto antes.

Paddy dio un mordisco rabioso a un cartucho y vació la pólvora en el mosquete.

Riley se reunió velozmente con el general Rincón y con algunos oficiales de los batallones Bravos e Independencia, ya diezmados y ahora desmoralizados por la burla del carro. Acordaron que los del San Patricio contendrían el impacto de los asaltos en primera línea, mientras los mexicanos se mantendrían preparados para intervenir a la bayoneta en los puntos de ruptura de los baluartes.

Las tres divisiones norteamericanas avanzaban juntas, casi nueve mil hombres en formación cerrada, con las primeras líneas que abrían fuego y el cuerpo de ingenieros inmediatamente detrás blandiendo las escaleras. La muralla de Churubusco era bastante baja, podía ser escalada rápidamente.

Cañones cargados con metralla y fuego a discreción. Descargas de fusilería. La ola de atacantes se rompió sólo en algunos puntos, hubo desbandadas, y entre el humo, los gritos y los disparos el convento se había convertido en un cerco infernal: hombres descuartizados, sangre, furia y odio. Los del San Patricio recargaban los fusiles con una frialdad impasible, sin preocuparse por las balas que silbaban a su alrededor. Por cada uno que caía, había inmediatamente un mexicano que empuñaba su mosquete y tomaba sus municiones. Los camilleros corrían sin descanso desde los baluartes a la iglesia. Los cañones del San Patricio abrían huecos entre las filas más cercanas, los de Duncan aumentaban la intensidad del bombardeo. Cuando las primeras escaleras se agarraron a los derrames de las aspilleras, los voluntarios mexicanos se lanzaron hacia delante como fieras con las bayonetas, empuñando también sables, machetes, mazas. Cabezas abiertas, gargantas atravesadas, rostros contraídos por el esfuerzo atroz hecho para subir hasta allí, una vorágine de cuerpos y golpes asestados desesperadamente. El ataque fue rechazado. Toques de trompeta allá abajo para movilizar a los hombres y organizar de nuevo el asalto. Toques de trompeta en lo alto de la muralla para celebrar la fugaz victoria de un instante, y la indefectible gaita de Cavanaugh.

Luego se impuso un silencio irreal.

Los combatientes, sudados, exhaustos, muchos heridos pero no lo bastante graves como para abandonar las armas, descansaron sin proferir palabra, uno apoyado en un muro, otro en un flanco, y alguno de pie pero con los ojos cerrados, sosteniéndose con el cañón del fusil.

El cabo Horst, el último alemán del San Patricio todavía capaz de combatir, abandonó la aspillera donde estaba apostado y recorrió el adarve hasta el emplazamiento de una batería. Subió al muro y se erigió en pie sobre el borde: resultaba un blanco demasiado fácil. Otros compañeros comenzaron a gritarle que bajara, pero Horst parecía haber perdido el último atisbo del instinto de conservación. Quizá era su modo de alcanzar el *máximo* de la libertad, evitando ser capturado. Y en un momento de extraño silencio, mientras los atacantes habían dejado de disparar intentando adivinar lo que tenía intención de hacer, el cabo Horst se puso a cantar. Todos en el San Patricio apreciaban su hermosa voz de tenor, la que tantas noches alrededor del fuego de un campamento habían escuchado, sintiendo una extraña emoción.

Warum es so viel Leiden...
dass diese arme Erde nicht unsre heimat ist...

Por qué tanto sufrimiento...
Esta pobre tierra no es nuestra casa...

Cantaba una canción popular a la que otros alemanes del San Patricio habían hecho coro, pero aquellos ya no estaban, sepultados en los campos de batalla o en tierra consagrada; de algún modo, presentes ahora junto a él, que con aquellas notas dolorosas, tristes, entonadas con su voz vibrante, quería recordarles y decirles que estaba yendo a su encuentro... *Und ist es uns hienieden, so öde, so allein, o lass in deinem Frieden uns hier schon selig sein...*

En la última estrofa, con la voz que se propagaba en las vueltas del pórtico del convento y en la llanura invadida por soldados enemigos, resonó un disparo. Un tirador elegido del Regimiento de Voluntarios de Nueva York lo centró en el pecho. Horst vaciló, el canto se interrumpió. No se desplomó, sino que se dobló lentamente hacia delante y cayó más allá de la antigua muralla de Churubusco.

El silencio tenso y furibundo de los compañeros supervivientes fue lacerado por una segunda detonación. El tirador elegido de Nueva York, que estaba en la primera fila de la formación, dejó caer la carabina y se llevó las manos al cuello mientras un borbotón de sangre le teñía de rojo la pechera. Desde lo alto del campanario, el italiano Ciro escupió hacia abajo en señal de desprecio.

Fue como una señal para reanudar la batalla.

El general Scott escrutaba con el catalejo aquel maldito campanario. Hizo llamar al coronel Duncan y le ordenó que lo derribara a cañonazos.

Cuando dos afustes recorrieron la retaguardia del despliegue para colocarse en el flanco izquierdo y disparar a corta distancia al campanario, los del San Patricio se dieron cuenta de la maniobra e intentaron impedirla. Lograron sólo retardarla matando algún caballo e hiriendo a varios artilleros enemigos, pero ya eran las últimas salvas: balas explosivas agotadas. Apenas quedaba pólvora para unos tiros de metralla sobre las tropas en el siguiente asalto.

El primer cañonazo hizo añicos un canto del campanario. El segundo atravesó la ventana en arco y explotó en el interior, matando a tres fusileros mexicanos. Riley ordenó evacuar inmediatamente el campanario. Y al tercer cañonazo pareció que toda la estructura fuese a ceder. En aquel momento una campana dio tres lúgubres tañidos. Ninguno entendió si fue un último gesto de desafío u otra cosa. Luego, por el portón apareció el italiano Ciro cubierto de polvo, que se soplaba las manos maldiciendo. Había usado la soga de una campana para descender a toda prisa y se había quemado las palmas. Corrió hacia la escalera lateral y llegó hasta la posición de Patrick Dalton.

—Carabina Kentucky sin municiones. ¿Puedo usar el mosquete de Horst?

Paddy se lo dio junto a una bandolera con una docena de cartuchos:

—Son los últimos.

—También mis blancos serán los últimos. Nos vemos en el infierno.

Fue a apostarse a una aspillera, cargó el Brown Bess con gestos rápidos y apuntó, a la espera de encarar a la próxima víctima.

Abrieron fuego sólo cuando los asaltantes estuvieron a pocos metros de la muralla. Últimas salvas de metralla, y última matanza de enemigos. Luego, los cañones del San Patricio callaron para siempre.

Los sirvientes de las piezas que continuaban con vida se agenciaban los fusiles de los caídos, pero incluso las municiones del carro se estaban agotando. El italiano Ciro disparaba, abatía, recargaba... Luego, sacó la pistola y disparó en la cara a un marine que había conseguido alcanzar el adarve. Después la empuñó por el cañón y fue a partírsela en la cabeza a otro que estaba llegando por una escalera de madera. Finalmente, caló la bayoneta y se unió a los mexicanos que se batían al arma blanca. Una primera descarga lo hizo doblarse en dos: presionó la mano izquierda sobre el costado, miró la sangre, y volvió a traspasar asaltantes. Un segundo disparo le fracturó un brazo, y ya no pudo sostener el mosquete. Soltó la bayoneta y avanzó tambaleándose hacia la aspillera por la que asomaba la enésima cabeza. Tras él, un teniente del 4.º Regimiento de Infantería del coronel Garland le pegó un tiro en la espalda. Ciro se giró, lo miró y lo maldijo. Dónde carajo he venido a morir, fue su último pensamiento. Luego, se dejó caer al vacío.

A pesar de todo, el ataque fue rechazado de nuevo. Los soldados estadounidenses parecían poco dispuestos a hacer de blanco al descubierto y a trepar por una escalera, mientras desde los baluartes se empecinaban en romper cráneos. Había cada vez menos voluntarios, y cada vez más pendencieros. Los oficiales hacían grandes esfuerzos para hacerlos avanzar bajo el fuego letal de los defensores. No podían imaginar que estuvieran agotando las municiones.

En aquel momento, Riley observó algo que le heló la sangre en las venas; miró con más atención, hacia el centro del convento, donde se hallaba el cuartel general. Era una bandera blanca.

Patrick Dalton lanzó un grito rabioso y se precipitó corriendo como un loco, bajó de la muralla, volvió a subir, llegó hasta el soldado mexicano que la estaba agitando y se la arrancó de las manos. Lo tomó por el cuello y le gritó en la cara:

—¡Aquí no se rinde nadie!

John Riley fue inmediatamente hasta el general Anaya, en el interior del monasterio. Lo encontró sin vendas en la cara. La ceguera había sido temporal, aunque tenía los ojos enrojecidos y pequeñas quemaduras en el resto del rostro.

—Mayor Riley, su coraje es admirable, pero mis hombres no tienen ni una sola bala para disparar y yo no permitiré que sean sacrificados inútilmente.

—Nosotros, los del San Patricio, aún tenemos municiones. Y no nos rendiremos —fue la respuesta perentoria de Riley.

El general Anaya suspiró y no añadió nada más.

Los combates se reanudaron, esta vez en los cuatro costados del convento. Un frente demasiado amplio para cubrirlo con menos de ciento cincuenta hombres, muchos de los cuales estaban heridos. Los del San Patricio decidieron retirarse al centro del convento, resguardándose tras los troncos de los cipreses y de los fresnos que daban sombra al patio de Churubusco. Llevaron consigo la bandera del batallón y la plantaron en el suelo. Cuando una horda de enemigos penetró por los cuatro lados y avanzó hacia la iglesia y los muros internos, la descarga de fusilería los diezmó. Inmediatamente después, los mexicanos aún capaces de combatir se lanzaron hacia delante con las bayonetas prestas, y se produjo de nuevo una confusión de gritos y cuerpos, mandobles y tiros. El general Rincón conducía el contraataque chorreando sangre por la frente. Alguien intentó ondear una bandera blanca por segunda vez y Paddy corrió a arrancársela como antes.

Los disparos eran cada vez más esporádicos. De los doscientos cuatro hombres que tenía el Batallón de San Patricio por la mañana, a las dos de la tarde se mantenían en pie unos ochenta.

A fuerza de cañonazos, el portón principal cedió. De entre la nube de humo, tomó forma lentamente una multitud que apuntaba con sus fusiles. Los infantes estadounidenses avanzaban indecisos, cautos, esperando la enésima descarga de metralla y proyectiles. Desde los árboles del patio partieron los últimos disparos de mosquete. La respuesta fue una granizada de disparos. Luego, caladas las bayonetas, los del San Patricio se lanzaron a la carga. John Riley empuñaba el sable y el Colt. A su alrededor, irlandeses y mexicanos se batían encarnizadamente, usando los mosquetes como mazas. En el furor de la contienda, Riley vio un soldado enemigo abalanzarse sobre la espalda de Paddy, que estaba aferrado a otro a su vez. No vaciló y le pegó un tiro por la espalda. En ese momento también Paddy disparó al vientre del adversario con su Colt. Luego, los dos amigos se miraron: ambos agitaron los revólveres ya descargados y sonrieron amargamente. Ninguno de los dos podría mantener el pacto.

La carnicería se interrumpió. Los atacantes se retiraron unos metros y recargaron los fusiles. Los pocos irlandeses y mexicanos que quedaban se pegaron unos a otros alrededor de los troncos de los cipreses. Cuando los fusileros estaban a punto de abrir fuego, ante ellos se plantó un oficial. Había ensartado un pañuelo blanco en el sable y lo ondeaba ante sus hombres.

Era el capitán Aaron Cohen.

—¡Alto al fuego! ¡Se ha acabado! ¡Ya basta!

Para impedir que disparan seguía caminando ante los mosquetes apuntados y tenía en alto la improvisada bandera blanca.

Un coronel llegó hasta él y pidió explicaciones.

—No tienen más municiones —dijo Cohen con la voz entrecortada por la agitación—. ¡Estamos masacrando a hombres que no pueden defenderse!

El coronel miró hacia el grupo de supervivientes: empuñaban fusiles y no todos tenían bayonetas, algunos sables, incluso un par de lanzas de los dragones recuperadas del depósito del monasterio; estaban manchados de sangre, muchos se sujetaban mutuamente o se sostenían apoyados en los árboles; uniformes raídos y polvorientos, caras ennegrecidas por el humo. Eran la imagen de la derrota. y sin embargo, no bajaban las armas inútiles que todavía mantenían en alto, ante ellos, como queriendo resistir a lo inevitable. Habían sido derrotados, pero no vencidos.

El coronel asintió, y con la mano enguantada hizo señal de no disparar.

John Riley echó a andar. Con pasos lentos. Cojeaba. La sangre le embadurnaba la cara, la barba de varios días y los cabellos estropajosos estaban impregnados de grumos rojizos; tenía una herida en el costado y otra en la espalda, no eran profundas, ni tampoco la de la rodilla, y notaba que el pie chapoteaba en un líquido pegajoso dentro de la bota... Ignoró a los dos oficiales y se detuvo ante los fusiles que le apuntaban. Con un esfuerzo que le hizo contraer la mandíbula, alzó el sable. Pero ninguno disparó. Eligió uno al azar y soltó un mandoble. El soldado fue rápido en pararlo con el fusil empuñado a dos manos. La hoja se partió. Riley se quedó mirando fijamente la empuñadura y la guarda de acero. La arrojó al suelo, humillado.

Aaron Cohen se puso frente a él.

—Se lo ruego, acepte la rendición. La guerra está perdida. No tiene ninguna esperanza.

Riley intentó mantener la compostura enderezando la espalda, lo que le provocó punzadas muy agudas. Lo miró fijamente, de cerca, como si tuviese dificultad en enfocarlo. No debo desmayarme ahora, ahora no, se repetía.

—No me estás haciendo ningún favor, capitán Cohen... —logró decir a duras penas—. Teníamos derecho a una muerte digna.

—Pero no tiene derecho a hacer matar a todos los mexicanos del convento.

Riley asintió. Luego se dio la vuelta para mirar a sus compañeros.

Alguno se tragaba las lágrimas, pero eran de rabia, no de dolor.

Divisó a Cavanaugh, al que creía muerto. El campesino del condado de Corcaigh dejó la espalda de otro irlandés en quien se apoyaba y dio dos pasos hacia delante, manteniéndose a duras penas en pie. Tenía todavía la gaita sobre el pecho, e intentó soplarla. Jadeaba, había un agujero de bala en el odre de la cornamusa. Cavanaugh la miró ceñudo, la retiró y vio la mancha roja en el pecho y el agujero. Se arrodilló, y entonces se dejó caer de lado. Patrick Dalton fue a cerrarle los párpados. Después arrojó ante sí el sable. Uno tras otro, los setenta y dos supervivientes del San Patricio arrojaron las armas en la polvareda del patio de Churubusco. Dalton, mientras tanto, parecía recitar una oración por Cavanaugh, un murmullo quedo:

—Que la tierra se vaya haciendo camino ante tus pasos, que el viento sople siempre a tu espalda...

Otras voces se unieron a aquella oración.

—...Que el sol brille calentándote el rostro, que la lluvia caiga suavemente sobre tus campos...

La última estrofa la recitaron los setenta y dos al unísono.

—...Y hasta que volvamos a encontrarnos, que Dios te lleve en la palma de su mano.

17

Breve tregua

El general David Twiggs tuvo el dudoso honor de entrar a caballo en el convento de Churubusco precediendo a Worth, que se ofendió. Rodeado por el Estado Mayor y seguido por una numerosa escolta de dragones, subió la escalera de piedra que conducía a las estancias del monasterio. El cuartel general mexicano. La puerta estaba abierta de par en par, los soldados de guardia desarmados. El general Anaya lo esperaba en pie, detrás de la mesa. Twiggs no se dignó ni siquiera a saludar y preguntó arrogante:

—Dígame inmediatamente dónde está el parque de las municiones.

—Si hubiera parque, usted no estaría aquí.

Hay hombres que tienen el reflejo de pronunciar una frase destinada a pasar a la Historia. Pero la de Anaya la recuerdan sólo los libros mexicanos.

Los irlandeses prisioneros fueron divididos en dos grupos y encerrados en las pequeñas cárceles de Tacubaya y San Miguel. En cuanto a las operaciones bélicas, llegado aquel punto sólo faltaba por ocupar Ciudad de México. Pero las fuertes pérdidas sufridas en Churubusco indujeron a Scott a estipular una tregua, haciendo saber a Santa Anna que había la posibilidad concreta de finalizar la guerra allí, siempre que México aceptase las condiciones del presidente Polk, claro está.

Condiciones que preveían no sólo la pérdida de la mitad del territorio nacional, sino además la solicitud de exorbitantes resarcimientos a cuenta de los «daños sufridos por los ciudadanos estadounidenses» –es decir, los tejanos–, más los gastos de la guerra... y dando por descontado que México no tenía semejantes reservas, el Gobierno de Washington se quedaría con los estados del Norte como indemnización, pretendiendo además el derecho de tránsito a través del istmo de Tehuantepec. En definitiva, aceptando aquellas condiciones, México dejaba de ser un Estado soberano, quedando sometido a «derechos de tránsito» que en la práctica –con el pretexto de garantizar tales tránsitos– preveían la ocupación militar. El plenipotenciario de Polk en Ciudad de México tuvo la desfachatez de presentar un documento en el que sostenía que la guerra no era «de agresión» sino una respuesta al intento de subyugar Texas, que había sufrido «una agresión por parte del ejército mexicano». Se leía nada menos que: «expandir los confines de los Estados Unidos equivale a extender el dominio de la paz sobre otros territorios y sobre millones de habitantes. El mundo no tiene nada que temer de las ambiciones militares de nuestro Gobierno». La última frase parecía dirigida a las potencias europeas, cada vez más preocupadas por el expansionismo de Washington.

Poco importaba que la Cámara de los Diputados de Ciudad de México rechazase aquella capitulación total. En aquel momento, Scott necesitaba algunos días de tregua para reorganizar sus tropas de invasión y permitir a los hombres reposar y refrescarse. Tras lo cual, una vez recibidos reemplazos y municiones desde Veracruz, podía volver a disparar cañonazos si quería sobre lo poco que quedaba del ejército mexicano. Quitado de en medio el Batallón de San Patricio, sabía que no sufriría más pérdidas graves.

El armisticio temporal preveía el derecho a abastecerse de víveres en la capital. El general Scott estaba dispuesto a pagar a los proveedores, *of course*, en un intento por empezar a «normalizar» las relaciones con los colonizados. Y mandó un centenar de carros a «hacer la compra» en pleno centro de Ciudad de México. El comportamiento de Scott no era fácil de descifrar: ¿arrogancia?, ¿provocación? ¿Era posible que se sintiera omnipotente por el hecho de haber ganado todas las batallas, o que de verdad creyera a los mexicanos ansiosos por agasajar a los «libertadores»? ¿Libres de qué y de quién? Por mucho que Santa Anna fuera un sinvergüenza y sobre él llovieran las acusaciones de traición, en el país no había una dictadura, y el sentimiento popular, patriotismos aparte, era de aversión a la guerra porque aumentaba las dificultades económicas diariamente. Y todos tenían muy claro quién la había desencadenado. Los habitantes de Ciudad de México no se dejaban engañar por los comunicados de Polk y Scott.

De hecho, se desencadenó un pandemonio.

Cuando la caravana de carros desfiló por las vías de los alrededores de la gran plaza de la Constitución, los ambulantes que vendían fruta y verdura se quedaron pasmados. Iban escoltados por una unidad de lanceros mexicanos. Una mujer despotricó: «¡Sinvergüenzas! ¡Hasta ayer nos mataban, y ahora pretenden que les demos de comer!».

El oficial al mando de los lanceros trató de aplacar los ánimos:

—Desgraciadamente, está establecido en el alto al fuego, tienen derecho a abastecerse en nuestros mercados.

—¡Antes de venderles algo, lo tiramos todo! —gritó un verdulero.

Otra mujer cogió una coliflor y la lanzó a la cara del soldado que estaba en el pescante del primer carro:

—¡Empieza comiéndote esto!

En poco tiempo, comenzó un recio lanzamiento de cebollas y tomates. Los militares estadounidenses tenían órdenes de evitar cualquier reacción ante «actos hostiles de la población»; los lanceros mexicanos no sabían qué hacer porque compartían plenamente las protestas de la gente. Ante la duda, se esfumaron. Inmediatamente después, los chiquillos pasaron de las hortalizas a las piedras. Disparos al aire. Como si nada, el chaparrón arreciaba. Los caballos se encabritaron, los soldados amenazaban con las armas empuñadas, pero nadie parecía dejarse atemorizar. Las pedradas causaban heridos, y así, los cien carros de Scott tuvieron que invertir la marcha y darse precipitadamente a la fuga hacia el sur.

El general, con un enfado de mil demonios, encargó a los oficiales de la intendencia de la compañía que se abasteciesen en los almacenes de los mayoristas, de noche, con el favor de la oscuridad. Encontraron quien estaba dispuesto a enriquecerse todavía más entre los adinerados mayoristas de la plaza San Juan de Letrán. Pero pronto fueron descubiertos: una multitud de ciudadanos que empuñaban hachas, azadas y horcones, con mujeres y muchachos a la cabeza, localizó los almacenes de los colaboracionistas y los saquearon. Tras lo cual, a los mayoristas dejó de interesarles vender mercancías a los invasores. Vistos los resultados conseguidos en el transitorio periodo de paz, Scott estaba considerando reanudar la guerra, que, por otra parte, era lo único que sabía hacer.

Además, tenía otra cuestión que resolver. Las deserciones habían alcanzado niveles inauditos —tanto que «su» guerra pasaría a la historia por el récord de soldados desaparecidos de la noche a la mañana— por eso tenía la firme intención de usar a los del San Patricio como ejemplo y represalia, para lanzar un mensaje claro a quien pensaba pasarse al enemigo, o simplemente, en establecerse en México mandando al infierno a su ejército y a todo lo demás. Era necesario un castigo ejemplar. Ahorcarlos a todos. No importaba que los reglamentos previeran la pena capital en casos limitados, y de todos modos, mediante fusilamiento. Los irlandeses traidores tenían que colgar de una horca, para que todos los vieran durante días. y quería además duplicar el espectáculo: un patíbulo colectivo en Tacubaya y otro en San Ángel. Y no el mismo día. Para guardar las apariencias, eran necesarias dos cortes marciales que fingieran conducir una vista ecuánime, según las leyes militares. Estudió cuidadosamente los estados de servicio de algunos oficiales para asignarles el encargo de presidir los dos tribunales de guerra. Los quería católicos para evitar que alguien levantara acusaciones de discriminación religiosa. Un detalle importante, una sutileza para la posteridad. No era fácil, considerando que la gran mayoría eran protestantes y que entre los pocos católicos tenía que encontrar alguno absolutamente fiel a sus dictámenes. Al final los encontró y resultó una obra maestra de perversión.

Si como presidente de la corte marcial de Tacubaya puso al coronel John Garland, que había sufrido notables disgustos en el campo de batalla a causa de los del San Patricio estaba seguramente ansioso de vengarse, para el proceso de San Ángel, donde serían juzgados los jefes —en primer lugar, John Riley— designó como presidente al coronel Bennet Riley, nacido en los Estados Unidos pero de lejanos orígenes irlandeses y *oficialmente* católico, además de compartir apellido con el principal acusado. Luego, para conducir la farsa y encargarse materialmente de las ejecuciones —porque no dudaba de los veredictos— nombró al coronel

William Harney, también católico y descendiente de irlandeses. Ambos habían hecho carrera masacrando indios y cultivando relaciones políticas influyentes, y en cuanto al hecho de ser católicos, todos sabían que no eran practicantes, pero se habían declarado como tal sólo por tradición familiar. Harney, además, era famoso por su crueldad tanto con sus compañeros como con los prisioneros. Durante las campañas de exterminio de los black hawk y de los seminolas, Harney había sido acusado de ahorcar indios de manera indiscriminada, y de violar niñas a las que colgaba de un árbol a la mañana siguiente. El nudo corredizo de una cuerda enjabonada era su pasión... Pero entonces, gracias a la protección del presidente Jackson, no se había procedido contra él y todo permanecía sepultado en los informes de los superiores al Estado Mayor. Más adelante, en 1834 en San Luis, mató a palos a una esclava negra, tras lo cual fue denunciado por varios civiles y procesado por el tribunal local. Pero Harney se encontraba ya en otro lugar; así pues, para la ley civil era un fugitivo. Las matanzas con las que se había manchado en México lo habían hecho popular entre los voluntarios tejanos, y temido en el cuartel y en los campamentos por su inclinación a usar la violencia en cualquier diatriba. En otros tiempos lo habrían definido como un sociópata afectado por trastornos sádicos, era él quien merecía ser enviado ante una corte marcial. Pero para el general Scott representaba al hombre adecuado en el lugar adecuado, al menos en aquella situación. Durante el avance desde Veracruz había intentado de todas las maneras posibles mantenerlo a distancia, aunque más tarde en Cerro Gordo la situación se le había escapado de las manos.

18

Farsa trágica

El 23 de agosto de 1847 comenzó el juicio en Tacubaya, y el 26, en San Ángel. El procedimiento era bastante simple: lectura de las acusaciones, esto es, deserción y alta traición en tiempo de guerra; declaración en defensa del acusado; veredicto inmediato. Luego, las sentencias serían examinadas por el general Scott en calidad de comandante en jefe, que podía confirmarlas o modificarlas.

Durante los días y las noches transcurridos en celda, John Riley había pedido a todos que respondiesen ante el consejo de guerra que habían desertado por estar borrachos. «Había bebido en una cantina y de regreso al campamento debo haberme equivocado de dirección, porque por la mañana me capturaron los soldados mexicanos y de ese modo me alistaron contra mi voluntad...». En el Ejército de los Estados Unidos la embriaguez era considerada un atenuante para cualquier comportamiento fuera de las reglas. Nadie creería aquella excusa, pero era, además, un modo de burlarse de los militares que se habían improvisado como jueces y verdugos. «Quién sabe», decía Riley, «quizá quieran vengarse únicamente de los oficiales y al resto les den sólo algunos latigazos».

El tribunal fue montado en el salón de una suntuosa residencia colonial de San Ángel, y a la larga mesa se sentaban dos coroneles, dos mayores, ocho capitanes y un teniente. No estaba previsto un defensor. Era el oficial encargado de la acusación quien decidía si había o no pruebas a favor de cada acusado.

Algunos combatientes del San Patricio intentaron esgrimir la historia de la borrachera, pero en todas las ocasiones el intento finalizó con el agravante de ofensa al tribunal. Sentencia: condena a muerte por ahorcamiento.

Cuando fue el turno de Patrick Dalton, se lanzó a un colorido relato en el que mezcló sus vicisitudes en el Ejército, los terribles insultos que tenía que escuchar de sus superiores, sus encuentros con el alcalde mexicano de Montemorelos y después con el general Santa Anna —siguió aquí un análisis acerca de cómo de funcional era su pierna de madera—, todo ello acompañado de cuidadas descripciones de la flora y fauna de los desiertos mexicanos, y de cómo la naturaleza estalla en floraciones apenas llega un aguacero... Los militares sentados a la mesa se intercambiaban miradas enfurecidas. Ignoraban que Dalton estaba simplemente siguiendo una antigua tradición, la de los *seanchaí*, los narradores orales celtas, que podían improvisar durante horas saltando de un argumento a otro con persuasiva desenvoltura. La corte marcial no lo apreció.

—Se está usted burlando de la corte. Se lo pregunto por última vez: ¿por qué desertó del Ejército de los Estados Unidos de América?

Patrick Dalton alargó los brazos:

—*Me gustan las señoritas, el tequila, y la puta que te parió.* —E hizo una reverencia teatral.

—¡Ultraje a la corte! —gritó el juez militar golpeando el martillo sobre la mesa como un loco, ya que, aun sin hablar español, conocía el significado de la palabra *puta*.

—¿Tiene algo que añadir en su defensa, señor Dalton?

—*Póg mo thóim!*

—¡No le está permitido hablar en gaélico! —intervino otro oficial.

—¿Qué ha dicho? —le preguntó el presidente.

La traducción llegó estentórea desde los bancos de los prisioneros:

—¡Bésame el culo!

—¡¿Quién ha hablado?! —gritó enloquecido de rabia el juez militar Bennet Riley.

Se alzó el más joven de los combatientes del San Patricio, David McElroy, de quince años, hijo de irlandeses residentes en México desde hacía lustros.

—No quería faltar al respeto, señor. Usted ha preguntado y yo he respondido. La traducción es... bésame el culo.

Y los prisioneros estallaron en una fragorosa carcajada.

Mazo del presidente, lectura del veredicto: condena a muerte por ahorcamiento.

Luego, en el austero salón se impuso un silencio respetuoso: era el turno del teniente Barry Fitzgerald. Él no tenía ninguna intención de mofarse del tribunal. Es más, quería ser escuchado. Pero no dijo nada en defensa propia.

—Nosotros, combatientes del Batallón de San Patricio, no esperamos clemencia de su parte. La muerte es un honor para quien lucha por una causa justa. Quiero aclarar aquí que no hemos sido engañados u obligados mediante coerción, como les gustaría creer a ustedes. El Batallón de San Patricio está formado por patriotas de Irlanda, por nosotros, que sufrimos en nuestras propias carnes, en nuestra tierra, la brutal violencia y el vergonzoso saqueo de quien abusa de la propia fuerza. Fuimos engañados, es cierto, pero por el Ejército de los Estados Unidos de América, que nos alistó asegurándonos que eran los Estados Unidos los que sufrían una agresión por parte de los bárbaros. He aquí el verdadero engaño: definir como bárbaro a un pueblo inerme que de hecho no nos había atacado, sino al contrario, sufría una agresión. Con tal de no someterse, este pueblo sufría la destrucción de sus casas, el incendio de sus aldeas... Vi a mujeres y niños unirse a los hombres en la resistencia, y fue ese coraje, ese valor, el que nos convenció a nosotros, irlandeses, recordándonos las vejaciones de los ocupantes ingleses. El fervor, la fe de esa gente nos unió en esta infame guerra de conquista que quedará para siempre como un estigma en la historia de los Estados Unidos de América.

Hecho singular, nadie osó interrumpirlo. Al final, el mismo resultado: «¡Ahorcadlo!».

Llamaron al estrado a John Riley. Cojeaba todavía, pero tenía la espalda bastante derecha a pesar de los cepos en los tobillos y los grilletes en las muñecas.

Poniéndose firme, declamó:

—Mayor John Riley, Ejército de la República Mexicana, comandante del Batallón de San Patricio, prisionero de guerra.

—Usted es el *teniente* John Riley, desertor del 5.º Regimiento de Artillería del Ejército de los Estados Unidos de América —intervino un militar del consejo de guerra—. ¿Qué tiene que declarar acerca de las motivaciones de su deserción con deshonor?

—Mi honor pertenece al Batallón de San Patricio y al Ejército de la República Mexicana, y los galones de mayor los he ganado en el campo de batalla. No tengo nada más que declarar.

—Usted es el principal responsable de la muerte de centenares de hombres valerosos que combatían bajo la bandera de la Unión —dijo en voz alta el coronel presidente—, ¡la misma bandera que ha vilipendiado y ensangrentado no sólo desertando, sino organizando una especie de legión extranjera a sueldo de los mexicanos! ¿Cómo justifica sus abominables acciones?

Riley miró fijamente a los ojos del juez militar, esbozó una mueca de desprecio y recalcó:

—Mayor John Riley, Ejército de la República Mexicana... —Golpes de mazo en la mesa—, comandante del Batallón de San Patricio... —Más golpes, cada vez más intensos—, prisionero de guerra. —El mazo se rompió y la cabeza rodó por el suelo. Y añadió—: Derrotado con honor por una horda de depravados.

—¡Llévenselo de aquí! —ordenó el juez con la voz entrecortada por lo que todos los del San Patricio esperaban que fuera un ataque de apoplejía.

Dos soldados cogieron a Riley por los brazos, y él se soltó:

—Sé caminar solo, quítenme las manos de encima.

Se encaminó hacia la puerta cojeando, apretando los dientes para no aparecer como la ruina que sentía ser.

—¡Comandante Riley! —resonó a su espalda.

Se giró. Barry Fitzgerald se había puesto en pie. Hizo el saludo militar. Riley, a pesar de los hierros y las cadenas, se enderezó y respondió al saludo.

—*Erin Go Bragh!* —gritó Barry.

Todos los prisioneros se pusieron en pie de un salto y repitieron en coro:

—*Erin Go Bragh!*

Riley se llevó la mano extendida al corazón, de canto, a la manera mexicana para rendir honor a la bandera, y respondió:

—¡Que viva México, compañeros!

19

MOLINO DEL REY

Había incluso una condena a muerte *in absentia*: Francis O'Connor no había podido estar presente durante el juicio. Se encontraba en el hospital de campaña con pronóstico grave. Había perdido ambas piernas en la batalla de Churubusco, segadas por una granada. En la iglesia de Nuestra Señora de los Ángeles, los cirujanos habían conseguido suturar los muñones por encima de las rodillas; luego, ya prisionero, dos oficiales de Scott habían ido a leerle el veredicto mientras yacía en un catre empapado en sangre. O'Connor se había limitado a hacer un débil gesto con la mano, fue su modo de mandarlos al diablo. No tenía ni siquiera fuerzas para hablar.

El 7 de septiembre acababa el armisticio. El general Scott consideró que su ejército invasor estaba preparado para acabar con el último foco de resistencia y ordenó avanzar hacia Ciudad de México. Santa Anna, mientras tanto, había organizado una buena defensa. Según el parecer de sus oficiales estaba haciendo lo adecuado, por fin. El despliegue era oblicuo: un fuerte por la izquierda constituido por Molino del Rey, uno por la derecha, la llamada Casa Mata, y al centro la infantería apostada en un foso seco, que permitía disparar al amparo del terraplén. La fuerza decisiva era la caballería del general Juan Álvarez, hasta cuatro mil dragones emplazados en la Hacienda Los Morales, a sólo una legua del castillo de Chapultepec, el último bastión. Era la sede de la Academia Militar defendida por el ya legendario Batallón de San Blas, llegado del lejano Nayarit y formado principalmente por voluntarios y guardacostas a las órdenes del teniente coronel Felipe Santiago Xicoténcatl. Los hombres del San Blas, ciudad portuaria del Pacífico, habían demostrado ser huesos duros de roer en otras batallas, como en Cerro Gordo.

Luego, cuando Scott ordenó el ataque todo se fue a pique, porque Santa Anna modificó el plan defensivo y lo convirtió en un fracaso.

Aquella tarde la formación de Scott comprendía tres mil quinientos soldados de infantería, ocho cañones y trescientos soldados de caballería. Al primer impacto, los estadounidenses se dieron cuenta de que sería difícil romper las líneas enemigas. Se replegaron y esperaron al día siguiente. Durante la noche Santa Anna dio órdenes confusas y contradictorias, provocando el menoscabo de la línea defensiva. A pesar de ello, al alba del miércoles 8 de septiembre, los mexicanos rechazaron nuevamente el asalto. Pero estaban bajo el fuego constante de la artillería, y los oficiales se preguntaban por qué maldito motivo la poderosa caballería de Álvarez no atacaba. También el segundo embate fue contenido. Finalmente, al tercer ataque enérgico, la batalla se convirtió en un caos total, cuerpo a cuerpo, bayonetas y sablazos. La suerte habría podido todavía dar un vuelco a favor de los defensores si en aquella vorágine hubieran aparecido los cuatro mil dragones que se mantenían en una absurda espera en la Hacienda Los Morales.

Santa Anna no enviaba ni refuerzos ni órdenes. El general Álvarez, que lo odiaba, quizá consideró más oportuno perder la guerra aquel mismo día con tal de desembarazarse del «cojo» como él lo llamaba. Mientras tanto, sus hermanos de sangre eran masacrados en Molino del Rey. Pero oponían una resistencia feroz; tanto, que al caer la noche las tropas estadounidenses habían sufrido hasta ochocientas bajas entre muertos y heridos, muchos de los cuales eran oficiales.

Scott evidentemente no podía incluirla entre las batallas ganadas, y por si fuera poco, era fruto de un clamoroso error suyo. Habría podido proseguir y no emprender la batalla en Molino del Rey, pero estaba convencido de que allí y en la Casa Mata se encontraban los arsenales mejor provistos que les quedaban a los mexicanos. Se esforzó en permanecer impasible cuando un ordenanza fue a comunicarle que en las edificaciones finalmente conquistadas al precio de tanta sangre, había... sacos de harina. La consecuencia fue un furibundo altercado entre Scott y Worth. Cuando acabó, el primero relevó al segundo del mando de las operaciones, y éste envió un informe encolerizado a Washington, directamente al presidente Polk, acusando a Scott de graves errores estratégicos que ponían en peligro inútilmente la vida de los hombres bajo su mando.

Sea como fuere, Scott tenía en aquellos días un compromiso al que no quería faltar: el 10 de septiembre había sido fijada la ejecución de la primera mitad de los renegados del San Patricio.

Había ratificado prácticamente todas las condenas a muerte; todas menos un par, ya que se trataba de menores de apenas quince años, ambos irlandeses. Le había disgustado que el reglamento impidiera ahorcar a chiquillos: la mala hierba era mejor arrancarla cuanto antes. No se podía decir que no hubiera estudiado atentamente los casos; de hecho, cuando se encontró ante el expediente de un hombre de sesenta años, se dio cuenta de que tenía un hijo oficial en un regimiento bajo sus órdenes. El padre había desertado para unirse al San Patricio, mientras el hijo había permanecido leal a los Estados Unidos. No ratificó tampoco aquella condena. Mojó la plumilla Perry en el tintero y escribió a pie de página: «Cincuenta latigazos y marca a fuego; detención hasta el fin de la guerra». Sí, podía ser suficiente, así un día su hijo lo trataría como a un traidor. Se felicitó a sí mismo por su buen corazón.

Quería que el «acontecimiento» fuese presenciado por el mayor número de oficiales posible, por lo que dispensó a muchos de los encargos de la guerra todavía en curso. Su finalidad era dar un escarmiento ejemplar mostrando a lo que se arriesgaban los desertores. Por el momento había conseguido no divulgar los datos, pero el número de soldados y oficiales que cada mañana faltaban a la llamada comenzaba a preocuparle. Antes o después tendría que rendir cuentas al Gobierno y a aquella manada de imbéciles y derrotistas que ocupaban los escaños de la oposición en el Parlamento. Un ordenanza le había mencionado que un tal capitán George Davis había dejado escapar la frase: «No pienso asistir a los ahorcamientos por nada del mundo; sólo una orden escrita del general Scott me puede obligar a hacerlo». Y él escribió inmediatamente aquella orden.

Desgraciadamente tenía todavía una tarea de la que encargarse: aquel maldito capitán judío aguardaba desde hacía horas fuera de su despacho, en el cuartel general del arzobispado, y no podía dejarlo ir. Cohen gozaba de importantes conocidos en Boston e incluso en Washington, y después de la ocurrencia del imbécil de Worth, tenía que limitar al máximo enemistades y rencores en las sedes de gobierno.

Dijo al ordenanza que lo hiciera entrar.

Fueron inmediatamente al grano. Cohen puso sobre la mesa una serie de peticiones a favor de John Riley. Había una carta firmada por veinte ciudadanos estadounidenses residentes en México que afirmaban haber sido ayudados en varias ocasiones por él y por otros miembros del San Patricio, impidiendo represalias de parte de los soldados mexicanos; luego, otras cartas de «damas» que definían a Riley como un caballero... y en este punto Scott rio sarcásticamente, guardando para sí la broma de mal gusto que habría querido arrojarle a la cara al capitán; al final, tuvo que leer incluso una misiva apesadumbrada del obispo de Ciudad de México, que apelaba a la religiosidad de los irlandeses, al hecho de que indultarlos habría restablecido un clima favorable para la paz, etcétera.

Scott dejó caer el último folio y miró a Cohen a los ojos.

—¿Eso es todo?

El capitán apretó la mandíbula y buscó las palabras adecuadas para evitar un enfrentamiento.

—General, tiene usted la ocasión de mostrarse magnánimo y de no avivar el odio que estas gentes sienten hacia nosotros. Nunca hemos ahorcado a un desertor, lo sabe bien, e incluso respecto al ahorcamiento... por muy grave que sea el delito que pueda cometer un militar, la pena capital prevé el fusilamiento, y...

—Eso lo establezco yo —lo interrumpió Scott—. Estamos en guerra y yo soy el comandante supremo. Puedo decidir lo que considero más oportuno sin tener que repasar códigos o cualquier otra cosa.

—Pero no puede violar la ley de los Estados Unidos de América, más allá de los códigos militares.

Se sostuvieron la mirada durante interminables segundos. El capitán parecía impasible, aunque en su interior se lo llevaran los mil demonios; el general se esforzaba en no perder los estribos y en no ordenarle que se fuera.

—¿Qué leyes he violado?, oigamos.

—El teniente John Riley desertó antes del 11 de mayo de 1846.

—¿Y con eso qué quiere decir?

—Que se trata de una deserción simple, delito cometido en tiempo de paz. La ley es clara a tal propósito: se cae la acusación de alta traición. No puede ser ajusticiado.

Scott recurrió a toda su paciencia para mostrar calma y autocontrol.

—Sutilezas. Nosotros combatimos en Texas desde hace tiempo. Lo sabe bien.

—¿Y lo admite? ¿Lo reivindica? Sí, combatíamos desde hacía tiempo despreciando todas las leyes internacionales, sin declaración de guerra y en territorio extranjero, visto que Texas era todavía independiente y no había sido anexionado a la Unión.

El general dio un manotazo a los folios que tenía delante.

—¡Ya basta, capitán Cohen! Está hablando como un politiquero. Adelante, acabemos con esto y diga claramente qué piensa hacer.

—Si hace ahorcar también a Riley, encontraré a alguien dispuesto a escucharme en el Congreso.

—No lo dudo —estalló Scott esbozando una sonrisa de afrenta—, ustedes los judíos... ¡siempre dispuestos a ayudarse entre ustedes! El Congreso está infestado de judíos.

El capitán tragó saliva sin rebatir.

Scott se quedó mirando fijamente un folio en particular. Era la ratificación de la condena de Riley. Luego, cogió la pluma, comprobó que el plumín estuviera bien insertado, lo mojó en la tinta, escribió un par de líneas y añadió unas pocas palabras. Hizo de nuevo la firma, rompiendo la punta al final del apellido. Y eso ya fue el colmo para él.

—Vuelva a sus obligaciones, capitán —susurró, irradiando cólera por todos los poros—. Y no se haga ilusiones: por muchos de su ralea que pueda haber en Washington, su carrera ha acabado, se lo garantizo.

—Eso lo veremos general. Tampoco usted se haga ilusiones.

El capitán hizo el saludo, golpeó los tacones y salió a grandes zancadas.

No me hizo ningún favor. Ni antes, en Churubusco, ni luego, cuando me evitó la soga. Lo descubriría de allí a pocos meses, la última vez que el capitán Cohen y yo nos vimos, en una mugrienta celda de Ciudad de México. Vino a decirme que volvía a casa con la firme intención de licenciarse del Ejército. Le deseé buena suerte, pero no le di las gracias. Dejó caer el asunto de mi deserción llevada a cabo antes de la declaración de guerra, y parecía saber lo suficiente como para hacerme intuir cómo habían ido las cosas. No dije nada, ni siquiera cuando me dio un frasco de hierbas cicatrizantes que había comprado a una mujer en el mercado de San Juan de Letrán, adonde imagino fue vestido de civil, visto el odio que su uniforme suscitaba por allí. Las puse en el trozo de tela que tenía sobre las llagas purulentas de la cara, y el escozor me ahorró el tener que darle las gracias también por esto.

No me hizo ningún favor, y lo pienso aún ahora, viendo el mar del golfo desde la ventana de nuestra pequeña casa del puerto. Los fantasmas de mis compañeros están siempre a mi lado, su memoria reaviva el hierro candente en las mejillas, no me consuela verles sonreír, porque de ellos recuerdo siempre la alegre desfachatez, la gallardía, su despreocupada manera de afrontar la vida y la muerte. Están todos muertos. Y yo estoy vivo.

Éramos hermanos de armas. Entre quienes combaten codo con codo, y comparten el miedo y el coraje, los sufrimientos y el ímpetu, el júbilo y el desaliento... se crea un vínculo que va más allá de la muerte. Y yo no me perdono el haber sobrevivido, debería haber muerto junto a ellos.

Aquel día, sentía que era capaz de soportar cualquier tormento. Los latigazos, el hierro candente, todo, sin flaquear, sin dar la satisfacción de gritar ni desfallecer.

Pero el mundo se me vino encima cuando la vi, entre la gente amontonada a su alrededor. Podía resistir cualquier cosa, menos su mirada de angustia inmensa. ¿Por qué fuiste allí, Consuelo, a verme sufrir tanta ignominia? ¿Por qué me mirabas como si me estuvieses prometiendo un futuro, como si quisieras decirme: resiste, amor mío, tú te salvarás y yo curaré tus heridas? Leí en sus ojos aquella pugna, la angustia que luchaba con la esperanza. No me ahorcarían, y ella estaba preparada para cuidarme.

El único alivio que siento es cuando Consuelo se enfurece. Entonces agarra la botella de mezcal, la estampa contra la pared y se va dando un portazo. Su cólera me ampara de su pena. Puedo soportar cualquier cosa, incluso el hecho de provocar repulsión, pero no el darle pena. Prefiero sus insultos por el pelo largo y la barba descuidada. Al principio aceptaba que lo hiciera para cubrirme este rostro en el que no me reconozco y que me mantiene lejos de los espejos. Luego, empezó a decirme que parezco un pordiosero, un mendigo de la calle, y cada intento para hacerme reaccionar obtiene solamente un silencio más profundo y obstinado. El silencio de un cadáver sepultado en el olvido.

Yo morí en Churubusco, donde tenía derecho a una muerte digna. Morí una segunda vez en la plaza de San Jacinto viendo las carretas alejarse del patíbulo. Muero cada mañana al despertar y cada noche al acostarme. No, no me hiciste ningún favor, capitán.

20

Ahorcarlos no es suficiente

El 10 de septiembre de 1847 el sol resplandecía en San Ángel. Sobre el altiplano, a más de dos mil metros, el cielo era terso como después de un chaparrón nocturno: las callejuelas empedradas brillaban con los primeros rayos del alba, los pájaros se agolpaban en los árboles de los jardines públicos, las escobas de los barrenderos limpiaban la plaza de follaje. La efímera ilusión de una mañana plácida fue rota por el ruido de las botas de los militares en marcha. Y de prisioneros con cadenas. Los irlandeses del San Patricio aún llevaban puestos los uniformes mexicanos, sucios hasta lo inverosímil después de veinte días de celda. Eran casi la mitad de los condenados, los otros esperaban el día de la ejecución en Tacubaya. A pesar de sus miserables condiciones, se esforzaban en mantener el paso como si fuera un desfile. Los «espectadores» –representantes de las familias de bien de San Ángel convocadas por el comando estadounidense y oficiales del ejército invasor– notaron aquel respingo de dignidad que los mantenía en pie y las expresiones desafiantes en los rostros. Alguno ostentaba incluso una sonrisa de desprecio. El colmo llegó cuando una vez alineados en la plaza San Jacinto, el oficial estadounidense dio la orden de alto; sus soldados se pararon mientras los del San Patricio siguieron marcando el paso. Inmediatamente después, el mayor John Riley ordenó: «Batallón de San Patricio: ¡firme!». Y todos los prisioneros golpearon los tacones al unísono, deteniéndose.

El general Twiggs hizo una señal, y los soldados encargados de aquel cometido infame arrancaron la casaca y la camisa a Riley. Lo ataron a un árbol. Tenía que recibir cincuenta latigazos y la cuenta la llevaba Twiggs. A mitad del suplicio, la espalda se había convertido en una única llaga sangrienta. Riley apretaba los dientes y miraba fijamente a quienes estaban delante de él.

Consuelo se había mezclado con los habitantes del pueblo, algunos obligados a participar y otros congregados allí para ver cómo morían sus héroes derrotados. Riley se dio cuenta de su presencia, y tras un fugaz intercambio de miradas, prefirió cerrar los ojos. No quería ver las lágrimas que le surcaban el rostro.

Una vez llegado a cincuenta, Twiggs no hizo ningún gesto. Dejó que el látigo continuase implacable arrancando la piel de la espalda de John Riley. Patrick Dalton lanzó un grito:

—¡Atajo de cobardes! ¿No saben contar?

Todos los demás empezaron a despotricar, los soldados de escolta les golpearon con las culatas de los fusiles, pero los civiles protestaban también. Y Twiggs, al quincuagésimo noveno restallido, alzó el brazo.

Dos soldados cogieron a Riley por las axilas y lo arrastraron hasta el centro de la plaza. Allí al lado había un brasero lleno de carbón ardiente. Y dentro, un hierro para marcar el ganado. En la punta candente, una gran letra D, inicial de *Deserter.*

Los verdugos de uniforme lo sujetaron: el hierro incandescente fue presionado sobre la mejilla derecha. El chisporroteo y el humo que emanaron de su cara provocaron expresiones de horror entre los civiles presentes. Consuelo se fue hacia atrás, cabizbaja, y desapareció tras la primera fila.

Los del San Patricio lanzaron insultos en tres lenguas, español, inglés y gaélico. Barry Fitzgerald asestó un cabezazo a un soldado que intentaba callarlo, Patrick Dalton forcejeaba, todos agitaban las cadenas para aumentar el fragor de la protesta.

Cuando el hierro se desprendió de la mejilla de Riley, Twiggs notó contrariado que aquel inútil del soldado verdugo se había equivocado: la D estaba al revés... Rápidamente ordenó marcarlo también en la mejilla izquierda pero sin equivocarse esta vez.

El tormento se repitió, con un hedor nauseabundo de carne quemada. Una mujer anciana que vendía flores en la esquina de la plaza tiró el cubo al suelo y gritó: «¡Que Dios los maldiga!».

Riley estaba de rodillas. Cuando lo agarraron para llevarlo aparte, en un arrebato de rabia se levantó sin la ayuda de los soldados enemigos. Temblaba, se mantenía en pie con esfuerzo, pero logró enderezarse y mirar a sus compañeros. En la plaza caló un profundo silencio. Alzó la mirada hacia la Casa del Risco, una mansión colonial española en la que ahora ondeaba la bandera de barras y estrellas, actual cuartel general de Twiggs. Luego miró hacia la iglesia. Con un esfuerzo sobrehumano alzó la mano derecha levantando las cadenas y se hizo la señal de la cruz.

Todos los mexicanos, junto a los irlandeses, se persignaron.

Una mujer comenzó a rezar una oración. Muy pronto, un suave murmullo se alzó desde la plaza San Jacinto.

El general Twiggs enarcó las cejas con una expresión de tolerancia hacia aquellos «bárbaros». Y dio orden de continuar.

Sólo dieciséis prisioneros fueron subidos a las carretas. El patíbulo no era suficientemente grande para todos. Pusieron las sogas alrededor de los cuellos. Patrick Dalton miró hacia el amigo flagelado y marcado a fuego. Y John Riley, con las últimas fuerzas, gritó con toda la voz que le quedaba:

—¡Batallón de San Patricio!

—¡Presente! —respondieron al unísono los irlandeses.

Twiggs bajó el brazo. Tiraron de los mulos, y las carretas quitaron el apoyo bajo los pies a los condenados.

Era un patíbulo cruel. Más cruel que los de trampilla, donde el ahorcado cae y muere por la fractura de las vértebras cervicales. El patíbulo construido a toda prisa en San Ángel mataba lentamente, por asfixia. Dicen que Patrick Dalton tardó incluso varios minutos en dejar de oscilar, presa de los espasmos involuntarios de aquella muerte atroz.

A los otros prisioneros se les negó el final de la trágica farsa. Llegaron noticias de combates, el general Twiggs ordenó suspender la lúgubre ceremonia y volvió al frente de guerra. A los demás los ahorcaron al día siguiente en los árboles a los pies de la colina Mixcoac, en la carretera entre San Ángel y Ciudad de México.

21

Tacubaya

A las seis de la mañana del 13 de septiembre de 1847, los treinta prisioneros del San Patricio condenados por la corte marcial de Tacubaya fueron llevados al patíbulo erigido en la colina de Mixcoac. Desde allí se divisaba perfectamente el castillo de Chapultepec rodeado por el humo de las explosiones. El mismo escenario que en San Ángel, aunque aquí las horcas eran casi el doble. Los irlandeses estaban de pie sobre las carretas con las manos atadas a la espalda.

El coronel Harney advirtió que una soga pendía sin un cuello dentro.

Llamó a un ordenanza y pidió explicaciones. Éste hizo que se acercase el médico de la brigada que presenciaba los ahorcamientos.

—Falta un tal Francis O'Connor. Está agonizando en el hospital de campaña, ha perdido las piernas y...

—¡Tráiganme inmediatamente a ese hijo de perra! —gritó Harney, enrojeciendo de cólera—. Tengo orden de ahorcar treinta bastardos, ¡y por Dios que quiero a los treinta colgando de esas sogas!

Partió un pelotón al galope con una carreta.

Los veintinueve con la soga al cuello comenzaron a protestar: no eran lamentos, sino ráfagas de insultos.

Una hora más tarde llegó la carreta con O'Connor. Estaba semiinconsciente, las vendas de los muñones empapadas en sangre fresca.

Harney hizo que lo atasen sentado, la espalda apoyada al borde posterior, y también a él le pusieron la soga.

—¡Qué valiente! —lo increpó uno de los irlandeses—, ¡y en cambio, me pareció que eras tú el que escapaba de nuestros tiros en Cerro Gordo!

—¡Eh, coronel! —añadió otro—. ¿Qué haces aquí? No veo niñas para violar por estos lares.

Harney los examinó ostentando una sonrisa burlona. Y concibió un ulterior suplicio.

—Yo no tengo ninguna prisa. ¡Veremos si después de unas horas bajo el sol tienen todavía tantas ganas de fanfarronear!

Y dispuso que el ahorcamiento se llevase a cabo sólo cuando la bandera estadounidense ondease en el castillo de Chapultepec.

—¡Qué aburrimiento! ¡No tengo intención de morir de viejo! —prorrumpió un condenado.

Y comenzó la extenuante espera.

Los ecos de las granadas y de las descargas de fusilería llegaban cada vez más nítidos. El asalto final a Chapultepec había comenzado, la batalla arreciaba.

Un sargento del San Patricio llamó a Harney:

—Por favor, coronel, ¡tengo derecho a un último deseo!

Él se acercó para escuchar:

—Una bocanada de humo. Tengo la pipa en la casaca.

Harney, sin la menor intención de satisfacer el deseo, replicó:

—¡Y también tendré que encendértela!

—¡Claro, usando tus ricitos de oro como chisquero, chulo!

Las carcajadas provocadoras de los demás sacaron de quicio al coronel: extrajo el sable y con la empuñadura golpeó al prisionero en la boca. Él, sin dejarse atemorizar, tras haber escupido sangre y pedazos de dientes, consiguió añadir:

—¡Eres de veras un malcriado! ¿Ahora cómo haré para fumar el resto de mis días?

Todos trataban de provocar a Harney para que se decidiera a ahorcarles:

—¡Si tenemos que esperar a que su asqueroso trapo ondee allá arriba, moriremos de hambre!

—Eh, Harney, en Texas conocí un comanche, me dijo que en su lengua *yanqui* quiere decir «cobarde»: ¡por eso todos les llaman así!

Pero aquel maníaco gozaba del espectáculo a la sombra de un árbol mientras ellos se achicharraban bajo el sol ya alto.

22

Niños héroes

El castillo de Chapultepec surgía en una colina rodeada por El Bosque, un vasto parque que entonces señalaba la periferia sur de la capital y que hoy es parte integrante de la metrópolis. Edificado por el virrey español Bernardo de Gálvez entre 1778 y 1788 como suntuosa residencia veraniega, ahora constituía el último baluarte, y Scott quiso que fuese tomado a pesar de que realmente no podía cerrar el paso a Ciudad de México. El comandante en jefe del ejército invasor no quería dejarse a la espalda focos de resistencia, una vez que había constatado que eran más letales los grupos de la guerrilla que el ejército regular.

Los preparativos para cercar el castillo habían hecho interrumpir la «ceremonia» de los ahorcamientos en San Ángel, y el 12 de septiembre la artillería abrió fuego. El bombardeo duró todo el día, consiguiendo dañar la construcción monumental pero no la rendición de sus defensores.

El Batallón de San Blas contaba con casi cuatrocientos veteranos, a los cuales se habían unido otros tantos supervivientes de las brigadas derrotadas en las batallas precedentes, y cuarenta y tres cadetes de edades comprendidas entre los catorce y los dieciocho años. En honor a la verdad, el director del Colegio Militar, el general Mariano Monterde, había licenciado a los muchachos invitándolos a regresar con sus familias, pero sólo algunos se habían marchado, los otros habían pedido con firmeza poder echarse un fusil a la cara y participar en aquella empresa desesperada y suicida.

Al alba del 13, tres divisiones lanzaron el ataque por los lados sur y oeste siempre cubiertas por una lluvia de cañonazos. Rápidamente desmanteladas las cuatro únicas baterías de Chapultepec, el comandante del San Blas, Xicoténcatl, ordenó un contraataque en el exterior del castillo. Consideraba un sacrificio inútil continuar muriendo bajo los bombardeos mientras entre los árboles seculares de El Bosque tenían alguna posibilidad de infligir pérdidas al enemigo. De hecho, al principio, los cuatrocientos del San Blas rechazaron el primer embate, pero pronto llegaron otros, cada vez más numerosos. En cosa de media hora casi todos los hombres llegados desde el Nayarit cayeron en combate, incluido Xicoténcatl, que hasta tres veces recogió la bandera del suelo y volvió a ondearla exhortando a los suyos. Cuando ya no quedaban suficientes hombres a los que incitar para que resistieran, murió también el teniente coronel, acribillado a balazos como la bandera en la que se había envuelto.

La infantería estadounidense avanzó por la pendiente que llevaba a la entrada del castillo. Desde los baluartes y los tejados, los soldados mexicanos y los cuarenta cadetes disparaban, terminando así con las municiones que quedaban. A pesar de las pérdidas, los enemigos conquistaron en primer lugar el vasto patio, después empezaron a asaltar el castillo sala por sala, cada corredor y recoveco. Fue entonces cuando los cadetes entraron en la leyenda convirtiéndose en Los Niños Héroes, a los cuales se dedicaría una plaza o una calle en cada ciudad del país. Uno tras otro murieron con las armas empuñadas. Los últimos seis entregaron sus propios nombres a la historia patriótica de México: Agustín Melgar, Fernando Montes de Oca, Francisco Márquez, Juan de la Barrera, Juan Escutia y Vicente Suárez.

La leyenda transmitida habría querido que algunos de ellos se hubiesen inmolado lanzándose desde lo alto de la muralla con tal de no rendirse, pero es más probable que hayan muerto a tiros y golpes de bayoneta. Lo único seguro es que rechazaron la rendición y continuaron luchando hasta el final.

23

El anhelado final

La bandera mexicana fue arriada del asta del castillo de Chapultepec. Los prisioneros del San Patricio lanzaron un suspiro de alivio: finalmente la muerte pondría fin a su suplicio, después de cinco horas en aquella dolorosa posición bajo el sol y sin poder llevarse ni una gota de agua a los labios.

Cuando la bandera de barras y estrellas se izó, el coronel Harney lanzó un gritito de alegría.

—¿Vieron, renegados? ¿Qué les había dicho?

—Cállate, *payaso* —replicó un irlandés en una mezcla de inglés y español.

—Te esperamos en el infierno —añadió otro.

—¡Harney! —lo llamó un tercero—. Métenos una moneda en el bolsillo, por si encontramos a la puta de tu madre.

Consiguieron incluso soltar algunas carcajadas, en un coro discorde de insultos y expresivas maldiciones.

El coronel Harney desenvainó el sable con exasperante lentitud, fingiendo no escuchar *il crescendo* de improperios.

Cuando finalmente lo bajó, los soldados que tenían que hacer avanzar las carretas tiradas por los mulos quedaron desconcertados: veintinueve gargantas lanzaron gritos de júbilo, hurras y «*Erin Go Bragh*».

El único que permaneció en silencio fue Francis O'Connor. Había perdido la consciencia atado a su trípode, y probablemente había muerto desangrado.

Fustigaron a los mulos, y los últimos supervivientes del San Patricio fueron arrojados a la eternidad. México no los olvidaría jamás.

Miro los navíos en el puerto desde lo alto de la fortaleza de San Juan de Ulúa, que se asoma al mar en el centro de la bahía de Veracruz.

Las lanchas, que a fuerza de remos alejan a los buques de los muelles y los remolcan fuera de la bahía, donde despliegan las velas al viento del golfo. Habrá alguno en ruta hacia Irlanda, pienso. Pero ninguna nostalgia, por más que quiera sentirla, se insinúa en el corazón.

Observo este incesante ir y venir en el mar, y mientras tanto revivo imágenes que me torturan las entrañas...

Aquellas bodegas abarrotadas de desesperados... nos trataban como esclavos, mercancía infrahumana que se podía lanzar por la borda si moría... tras despojarnos de nuestras pertenencias; más días pasaban y más nos odiaban, porque después de cinco, seis semanas, las raciones comenzaban a escasear y para nosotros quedaban a duras penas cáscaras de papas y pan seco. Y no sólo las imágenes me persiguen. A veces vuelvo a sentir los olores, la peste de nuestro vómito, los baldes siempre llenos de excrementos y la limosna de una bocanada de aire, una cubeta de agua salada para lavar aquella inmunda papilla en que chapoteábamos. La buena suerte para nosotros, ganado irlandés en las bodegas, era que todo quedara en disentería, sin que estallara una epidemia de tifus o de cólera. ¿Por qué soportamos todo aquello?

Porque teníamos un sueño. Y de habernos amotinado, habríamos encontrado la horca esperándonos en el primer atraque.

Fuimos leales a nosotros mismos. Al sueño de libertad que América representaba.

Y aquí, ahora, ¿acaso soy libre?

Cierto, nadie me trata como un repudiado. Incluso cuando el mezcal me nubla la vista —y adoro esa neblina en los ojos y en el pensamiento que me ahorra el ver más allá de eso—, la gente del puerto no me evita, es más, siempre hay alguien que me da una palmada en la espalda y me pregunta: «Mayor Reley, cómo le va la perra vida, cómo está la señora…».

Consuelo se ha ido.

A ver a sus parientes del norte ha dicho. Sé que no volverá. Y lo prefiero. La soledad es el precio de la derrota. La mía es una rendición incondicional. Me he rendido a mí mismo. Es inútil luchar contra la ausencia, contra el vacío que tengo dentro. Durante algún tiempo me engañé creyendo que Consuelo podría colmarlo, pero sólo estaba arrastrándola también a ella a mi abismo de espectros y recuerdos nefastos.

El amor puede aliviar todo, pero no las heridas del alma. No consigo abandonarme al egoísmo de su amor, que debería hacerme olvidar los cuerpos oscilantes de mis amigos más queridos. Nosotros, supervivientes del horror, somos fantasmas sin tiempo; llevamos dentro una brasa que nos consume, una sustancia tóxica que marchita el corazón, y convertimos la vida de quienes están a nuestro lado en una sucesión de piedad y rechazo. No soportamos la ternura, y hacemos daño a quien nos quiere.

Miro el cielo donde se amontonan nubes negras. La estación de las lluvias. Un cielo oscuro y tenebroso, como el futuro de México, tan parecido también en esto a Irlanda.

Que el viento sople a tu espalda, Consuelo, que el sol caliente tu rostro dulce y melancólico, que Dios te lleve en la palma de su mano, amor mío.

Esta mañana me he rapado a cero. La otra noche debí dormirme sobre un montón de redes en el muelle de los pescadores y al alba me he despertado junto a un desgraciado que debe haberme pegado los piojos. No ha sido fácil para el barbero afeitarme sin tropezar con la navaja en las cicatrices. Ahora estoy pelado y limpio. Aguardo sereno volver a ver a mis compañeros de desventura.

Y no quiero piojos en mi ataúd.

APÉNDICE

Cómo acabó

Tras los ahorcamientos, el *Diario de Gobierno*, órgano oficial que se imprimía en Ciudad de México, publicó en primera página un editorial que hacía un llamado al espíritu religioso de los conciudadanos:

> Mexicanos: estos son los hombres que nos llaman bárbaros y aseguran haber venido para civilizarnos. Son los mismos que han saqueado casas en ciudades y pueblos, han violado hijas de buena gente, han hecho juerga poniéndose los sagrados hábitos usurpados en los altares, han desparramado y pisoteado el cuerpo de Jesucristo y se han emborrachado bebiendo de los cálices sagrados. Que sean maldecidos por todos los cristianos, como lo son por Dios.

Poco tiempo después, el Gobierno se transferiría a Querétaro, a unos doscientos kilómetros al norte de la capital federal, y Santa Anna dio la orden de retirada sosteniendo que resistir a ultranza habría provocado nuevas destrucciones y saqueos. No todos obedecieron: el coronel Carbajal de la Guardia Nacional organizó a sus hombres para defender el centro histórico; y reapareció en escena el general Gabriel Valencia que, sin Santa Anna de por medio, se redimió con una muerte heroica. Cayó acribillado a tiros con el sable desenvainado mientras guiaba un contraataque a la cabeza de unos cincuenta soldados ante el Palacio Nacional, sede oficial– aunque vacía– de la presidencia de la República. Consiguió que lo recordasen así en la historia patriótica, en lugar de por la serie de errores y derrotas precedentes.

Scott ordenó a sus tropas ocupar Ciudad de México: el 14 de septiembre entraron desde San Cosme la infantería y la caballería. Se engañaban creyendo que todo había acabado por fin, y soñaban con burdeles y tabernas, con riquezas para depredar y *señoritas* para solazarse. Nunca conseguirían el anhelado «reposo del guerrero», porque los habitantes de la capital no dieron tregua, y tras cada esquina podía esconderse un tiro a quemarropa, un machetazo entre pecho y espalda o como mínimo piedras y palos.

Ya a la altura de la Alameda Central –los jardines en el corazón de la capital– fueron acogidos con un nutrido fuego de fusiles y escopetas; los que disparaban eran supervivientes del ejército y ciudadanos armados, y mientras los invasores buscaban refugio a ras de los muros de las casas, desde las ventanas y los balcones comenzó a lloverles de todo, macetas incluidas. En aquel trance el general Scott fue alcanzado por una piedra que le dejaría una cicatriz en el cráneo por el resto de sus gloriosos días.

Fue el comienzo de un goteo incesante de revueltas populares y ataques por sorpresa. Mientras su excelencia Antonio de Padua María Severino López de Santa Anna y Pérez de Lebrón se marchaba al exilio en Colombia, Ciudad de México no se adaptaba ni a la ocupación ni a los sucesivos acuerdos de paz, y una parte de los habitantes continuaría golpeando a los invasores con cualquier medio y en los lugares más inesperados. Les resultaba difícil abastecerse de víveres porque los mercados eran focos de resistencia tenaz. Y en los alrededores, además, reaparecían grupos de guerrilla en todos los lugares donde los estadounidenses creían haberlos extinguido a base de plomo y fuego. Al principio, Scott había acuartelado unos ocho mil hombres en la ciudad, pero pronto comenzó a descender un tropel de aventureros desde el norte, entre voluntarios que se habían licenciado, bandidos de todas las calañas, negociantes sin escrúpulos o simples descarriados en busca de botines y vicios desenfrenados. En el arco de pocos meses en la zona central de Ciudad de México proliferaban garitos y burdeles; multitud de prostitutas vinieron de otras ciudades, mientras muchas mujeres jóvenes se adecuaban a la situación para conseguir sobrevivir. Los tiroteos nocturnos entre borrachos se convirtieron en la norma, robos y asaltos obligaban a los habitantes a encerrarse en las casas, la suciedad reinaba por todos lados. Pero al caer la noche circulaban también los «apuñaladores». La resistencia mexicana se manifestaba con un navajazo en la barriga o en la espalda a un yanqui cualquiera que vagase borracho por las calles de los antiguos barrios, y de poco le servía el Colt en la pistolera. Es más, a menudo el revólver era el motivo principal de las agresiones, y sucesivamente algún otro ocupante acababa acribillado con aquellas cinco o seis balas. Ante la imposibilidad de mantener el orden, los invasores confiaban venganzas y represalias a los criminales de la llamada contraguerrilla. Los «comportamientos hostiles» hacia las tropas estadounidenses –es decir, los insultos o la negativa a venderles mercancías– eran castigados con latigazos en la plaza pública. El odio generaba odio, la sangre llamaba a la sangre.

Todo ello no impidió al general Scott «cultivar» los intereses de Washington: mientras sus soldados hacían grandes esfuerzos para controlar la situación por las calles, una tropa de recaudadores demostraba ser mucho más eficiente y devastadora. Todos los impuestos se depositaban en las arcas del Ejército, confiscaba incluso las prebendas de la Iglesia, los beneficios obtenidos de la venta de tabaco, de los garitos y hasta de los timbres gubernativos que se necesitaban para cualquier práctica burocrática; jamás saciados de dinero, los vampiros de Scott, con una numerosa escolta armada, iban incluso a recaudar los alquileres de los edificios públicos o privados como si fuesen los legítimos propietarios.

En cosa de sólo seis meses, Scott embolsó cuatro veces la cantidad de dinero que el Estado mexicano había recaudado durante los años 1843 y 1844. La ocupación costaba la vida a muchos soldados, pero resultó un óptimo negocio para la Unión. Cuánto de aquel dinero acabó en los bolsillos de los militares de alto rango y funcionarios estadounidenses no se sabría nunca. De hecho, muchos de ellos, una vez en casa, se pagaron espléndidas carreras políticas o empresariales.

El 2 de febrero de 1848 fue firmado el tratado de Guadalupe Hidalgo, que sancionaba para México la definitiva pérdida de más de la mitad del territorio nacional: Texas, California, Arizona, Nuevo México, Nevada, Utah, y considerables partes de Colorado, Wyoming y Oklahoma.

Los Estados Unidos renunciaban a quedarse con toda la Baja California, sea porque la consideraban una península desértica sin recursos, sea por la tenaz resistencia de la guerrilla local.

Scott y los suyos se lo tomaron con calma. A pesar de haber iniciado las operaciones de retirada de las tropas en febrero, después de casi seis meses de ocupación, el último contingente dejó el país el 15 de junio de 1848. Para aquella fecha, los prisioneros de guerra habían sido puestos en libertad, incluido John Riley.

Los cuerpos de los combatientes del San Patricio fueron sepultados sin una lápida, a menudo en fosas comunes junto a otros caídos. Sólo algunos de los ahorcados en San Ángel –entre ellos, Patrick Dalton– fueron trasladados por los sacerdotes a la iglesia de Tlacopac, poco distante de la plaza San Jacinto, y allí, enterrados en suelo consagrado, sin tumbas ni inscripciones. Muchos años después fue colocada una placa en recuerdo del Batallón de San Patricio sobre una gran cruz celta de piedra en el punto en que se presume que reposan sus restos.

México continúa honrando su memoria. En la plaza San Jacinto de San Ángel hay una lápida conmemorativa con setenta y un nombres, y enfrente, en los jardines públicos, un busto de John Riley; en la sala principal de la Cámara de los Diputados, el Batallón de San Patricio está grabado con letras de oro junto a los héroes de la patria. Cada 12 de septiembre, día de los primeros ahorcamientos, y el 17 de marzo, fiesta de San Patricio, se llevan a cabo ceremonias en las que participa la Banda de Gaitas del Batallón de San Patricio, banda musical de gaitas y tambores formada por mexicanos, en buena parte descendientes de irlandeses y escoceses.

En 2004 el Gobierno mexicano donó una estatua a Irlanda que fue colocada en Clifden, ciudad natal de Riley. Allí, cada 12 de septiembre se celebra una ceremonia bajo bandera mexicana.

El antiguo convento de Churubusco es hoy sede del Museo de las Intervenciones, en el que se reconstruye la historia de las invasiones sufridas por México; un amplio espacio está dedicado a la guerra de 1846-1848 y a los hombres del San Patricio. A pesar de las meticulosas búsquedas, ninguna bandera verde original con el lema «*Erin Go Bragh*» ha sido encontrada, y las expuestas son reproducciones.

De John Riley se pierde la pista en Veracruz alrededor de 1850. Esto ha inducido a varios investigadores a dar por hecho que se embarcó para Irlanda.

En 1999, el historiador Robert Ryal Miller encontró en los registros de la parroquia de la Asunción de Nuestra Señora, en el puerto de Veracruz, un certificado de muerte registrado a nombre de Juan Reley, cuarenta y cinco años, y fechado el 31 de agosto de 1850. Se lee: «Nativo de Irlanda, soltero, parientes desconocidos; muerto por embriaguez».

Si se tratara de él, habría sido entonces el alcoholismo el que puso fin a su tan intensa como atormentada existencia. Confirmando así que del infierno no se sale indemne.

NOTA DEL AUTOR

De entre las innumerables guerras del siglo XIX, por feroces y sangrientas que pudieran ser, ninguna alcanza el nivel de crueldad respecto a los civiles inermes como la guerra de intervención de México por parte de los Estados Unidos de América. El paroxismo del odio racial hacia los mexicanos por parte de las milicias voluntarias que cayeron desde cada estado y gran ciudad de la Unión, superó en atrocidades cualquier otro conflicto del siglo XIX. El ejército regular estadounidense puede ser acusado sólo en mínima parte de tales excesos sanguinarios, pero en cuanto responsable militar del proceder de aquellas hordas de aventureros y criminales que bajo el estandarte de la *US Army* se mancharon con todo tipo de perversidades –violaciones, torturas, muertes por pura «diversión», represalias sistemáticas sobre mujeres y niños, iglesias incendiadas tras haberlas colmado de refugiados...– comparte con ellos la culpa.

Hoy, los medios de comunicación no dudarían en definirlo como «genocidio».

Pero en aquellos tiempos los medios de comunicación dominantes eran editados en Washington, Nueva York, Chicago, Boston, Filadelfia... y difícilmente un periódico editado en Ciudad de México habría podido suscitar algún eco en Europa.

Cierto, no faltaron voces contrarias en el mismo corazón de los Estados Unidos, por parte de hombres destinados a pasar a la historia (aunque nadie les escuchó entonces): Henry David Thoreau declaró públicamente que la guerra de intervención era «moralmente injusta y contraria a los principios de libertad, dignidad e igualdad de los Estados Unidos», y como gesto simbólico se negó a pagar el tributo impuesto por el Gobierno para financiar la abominable empresa; como resultado, Thoreau fue arrestado y encerrado «simbólicamente» —pero verdaderamente— durante un día y una noche en la cárcel (luego, una tía suya pagó la fianza). Al final de la guerra escribió el célebre ensayo *Desobediencia civil*, invectiva contra la esclavitud y la guerra de intervención en México, en el cual se lee:

> Es así que las masas sirven al Estado, no como hombres, sino como máquinas, con sus cuerpos. Son el ejército permanente, la milicia voluntaria, los carceleros, los policías, el *posse comitatus*, etcétera. En la mayoría de los casos, no hay libre ejercicio del juicio o de la moral; se sitúan al nivel de la madera, de la tierra y de las piedras; y tal vez se puedan hacer hombres de madera que hagan igual de bien ese trabajo. Tales no merecen más respeto que si estuviesen hechos de paja o que si fueran un montículo de estiércol.

Abraham Lincoln hizo un vibrante discurso en el Congreso, sosteniendo que los Estados Unidos habían provocado una «guerra innecesaria e inconstitucional», contraria a los principios fundadores de la nación, pero su voz —como la de otros (no muchos, pero todos destinados a convertirse en personajes renombrados en un futuro histórico)— fue sofocada por la jauría furibunda que fomentaba el racismo contra un tropel de subhumanos inútiles (los mexicanos), según los dictámenes del «supremo mandato de la Biblia», que inculcaba el deber de explotar las tierras quitándoselas a quien no les sacaba provecho.

No por casualidad, la mayor parte de los oficiales de alto rango que guiaron la invasión eran veteranos de las llamadas guerras indias, es decir, acostumbrados a exterminar mujeres y niños para «liberar» territorios «bíblicamente» destinados a la explotación de la presencia de poblaciones nómadas que «absurdamente» respetaban los ciclos vitales de la Madre Naturaleza evitando someterla a cultivos intensivos y cría de ganado. Hicieron lo mismo con los mexicanos, tras una minuciosa y obsesiva campaña de conquista de la opinión pública estadounidense dirigida a infundir la convicción de que eran una «raza perezosa, débil, improductiva, entregada a los vicios y a la vida disoluta». Curiosamente eran los mismos epítetos que la prensa dominante usaba para referirse a los inmigrantes irlandeses.

Y, por añadidura, los irlandeses (además de «quitar el trabajo» a los nativos de origen anglosajón) «tenían demasiados hijos», por consiguiente, amenazaban con «contaminar» irremediablemente la raza elegida, según los parámetros bíblicos a los que apelaban.

También los mexicanos traían muchos hijos al mundo, pero entre 1846 y 1848 las milicias y los voluntarios de los estados y de las ciudades norteamericanas hicieron una aportación decisiva para la reducción drástica de su proliferación. Masacrándolos indiscriminadamente en pueblos, aldeas, campos, comunidades en el desierto y en las montañas, a lo largo de ríos y lagos, de modo sistemático o por puro «deleite», bajo bombardeos de artillería o a sablazos, jugando al tiro al blanco en las ciudades o degollándolos para ahorrar municiones... Hicieron así más espaciosa e idónea a la colonización aquella mitad de México que iba desde California hasta Texas. Y violando por el camino un número incalculable de mujeres indígenas y mestizas. Tras los conquistadores españoles, fueron ellos los que reverdecieron las violaciones de guerra, las mujeres como botín, las mujeres como medio de supremo – y abyecto– desprecio por los vencidos.

Se hacían realidad las palabras proféticas de Thomas Jefferson que, intuyendo el perverso camino que estaba tomando su nación, había dejado escrito: «Tiemblo por mi país cuando pienso que Dios es justo y que su justicia no puede dormir para siempre».

La guerra que los anales estadounidenses refieren como «*Mexican War*» fue una guerra de exterminio. Y entre los que opusieron una valiente resistencia –al lado de los mexicanos– estuvieron «los del San Patricio», en su mayoría irlandeses, junto a polacos, alemanes, escoceses e incluso algún canadiense, español, francés, suizo e italiano, además de un número indeterminado de antiguos esclavos afroamericanos. Aunque, aun estando presentes, aun habiendo combatido y encontrado la muerte en aquellos campos de batalla, en ningún cuadro de la época hay representado un rostro de piel oscura entre las filas armadas.

Aquellos hombres llegados desde las regiones más pobres de Europa no anhelaban una revolución, a pesar de que entre ellos hubiese rebeldes irreducibles, sobre todo entre los irlandeses, y seguramente les unía el deseo de venganza por las humillaciones padecidas como inmigrantes mantenidos al margen y tratados como parias, blanco constante del desprecio de los anglosajones protestantes, tanto por parte de las élites como de los habitantes regulares, a menudo más racistas que los miembros de las familias de alta alcurnia y adineradas.

Y no faltaron tampoco algunos estadounidenses pasados al «enemigo» por un irreprimible deber impuesto por el corazón y las entrañas. Por lo demás, fue una guerra que registró un récord de deserciones, oficialmente nueve mil doscientos siete según los datos de la *US Army*, pero probablemente más si se consideran los «dispersos». Este hecho se puede interpretar como una especie de oposición a una guerra considerada injusta y a sus atrocidades gratuitas, cuando no había otro modo de manifestar la propia oposición sin sufrir severos castigos; prácticamente, hubo tantos desertores como hombres componían el cuerpo de ejército del general Scott, que tenía que recibir continuos reemplazos no sólo por las pérdidas sufridas (enfermedades tropicales e infecciones resultaron más nefastas que los campos de batalla), sino también y sobre todo por las incesantes «desapariciones» en masa de los campamentos.

La mayor parte se echó al monte intentando regresar «a casa», otros rehicieron su vida en México. Sólo una minoría había pasado al frente opuesto alistándose en el San Patricio.

Una brigada internacional de la dignidad.

EL FINAL DE UN VIAJE, EL COMIENZO DE OTRO

Las vicisitudes del Batallón de San Patricio me bullen en la cabeza desde hace mucho tiempo, pero hace sólo unos diez años que comencé a recoger asiduamente materiales con la idea de desarrollarlos en una novela. Cada vez que regresaba a Ciudad de México seguía documentándome y cada vez afloraban nuevos detalles, pero cuando volvía a Italia encontraba otras cosas que hacer. Entretanto, he escrito varios libros y he traducido decenas. No me decidía a empezar la que, en mi cabeza, ya había asumido las dimensiones de una historia casi completa. Necesitaba la clásica chispa...

Debo admitir que el grupo musical The Chieftains y Ry Cooder han contribuido, como mínimo, a darme un empujón.

Su álbum dedicado a los sanpatricios salió en 2010, y confieso haber sentido una mezcla de placer y desconcierto. Por un lado, tenía una buena razón para ponerme a escribir; por otro, sentía que el argumento estaba desplegando las velas por su cuenta y que me arriesgaba a llegar tarde respecto a quién sabe cuántos otros que se podían estar interesando en el tema e inspirándose en aquel momento. Pero la prisa, ya se sabe, es mala consejera, así que he esperado a que llegase el momento justo, ese en el cual el libro que llevas dentro de ti nace solo, cansado de esperar las vacilaciones del autor.

De los reel irlandeses de Paddy Moloney a las baladas de Ry Cooder, como *The sands of Mexico* —en la que una estrofa dice: «La historia me absolverá, aquí en las tierras de México»—, el recopilatorio contiene también la voz inestimable de Lila Downs, una de mis pasiones musicales y orgullosa voz de la mexicanidad tanto en su patria como en tierra extranjera.

Ahora puedo escuchar de nuevo este disco sin la urgencia de ponerme a escribir, y las emociones que cada pieza suscita en mí son mucho más genuinas que antes. La historia de los del San Patricio desde hoy se echa a andar sola, y yo le deseo buen viaje.

GRACIAS A...

Paco Ignacio Taibo II, Paloma Saiz y Benito Taibo, que hace más de diez años, cuando en Ciudad de México les hablé de la idea de reconstruir las vicisitudes del Batallón de San Patricio, se movilizaron para procurarme textos difíciles de encontrar sobre la historia de la guerra de intervención de 1846-1848.

Carmina Rufrancos de la editorial Planeta de México, que me ha enviado materiales útiles para profundizar sobre varios aspectos de esta historia.

Jacopo Stigliano, que cuando vivía en Irlanda pidió a un docente de gaélico que tradujera las frases que he hecho pronunciar a los irlandeses en este libro.

El personal del Museo de las Intervenciones en el antiguo convento de Churubusco, por la disponibilidad y amabilidad durante las tantas horas transcurridas en aquellas salas.

Y a Gloria Corica, como siempre, primera lectora de cada uno de mis escritos, compañera de toda la vida.

Penguin Random House Grupo Editorial, S.A.U.
Travessera de Gràcia, 47-49
ECZ, 8021
ES
https://www.penguinlibros.com/es/content/1334-seguridad-de-los-productos
seguridadproductos@penguinrandomhouse.com
+34 93 366 03 00

The authorized representative in the EU for product safety and compliance is

Penguin Random House Grupo Editorial, S.A.U.
Travessera de Gràcia, 47-49
ECZ, 8021
ES
https://www.penguinlibros.com/es/content/1334-seguridad-de-los-productos
seguridadproductos@penguinrandomhouse.com
+34 93 366 03 00

ISBN: 9798890987228
Release ID: 156016905

www.ingramcontent.com/pod-product-compliance
Lightning Source LLC
LaVergne TN
LVHW041019150826
845672LV00001B/143

9798890987228